www.tredition.de

AF177322

Edith Polski

# Kleines Glück

www.tredition.de

© 2016 Edith Polski

Umschlaggestaltung: Corinna Podlech, Hamburg
Bildrechte Coverfoto: © T. Frost - Fotolia.com
Lektorat, Korrektorat: Corinna Podlech, Hamburg

Verlag: tredition GmbH, Hamburg

ISBN
Paperback         978-3-7345-2025-9
Hardcover         978-3-7345-2026-6
e-Book            978-3-7345-2027-3

Printed in Germany

Bibliografische Information der Deutschen Nationalbibliothek:
Die Deutsche Nationalbibliothek verzeichnet diese Publikation
in der Deutschen Nationalbibliografie; detaillierte bibliografische Daten sind im Internet über http://dnb.d-nb.de abrufbar.

# Inhaltsverzeichnis

# Erinnerungen

*von Edith Polski*

Erinnerungen sind für immer,
aber sie können Fesseln an die Gedanken legen,
die Gegenwart verderben,
wenn das Vergangene idealisiert wird.

Erinnerungen sind Momente im Leben,
Erfahrungen,
die uns zum Wachstum verhelfen
für die Zukunft
mit einem besseren Verständnis.

Wir alle haben Erinnerungen,
auf die wir unser Leben aufbauen,
entweder wegen Ärger oder Groll,
oder wegen Liebe.

Während negative Gefühle oft Enttäuschung bereiten,
liebevolle Erinnerungen dagegen erleuchten den
Geist der Person,
fördern den Optimismus
und verhelfen zu Glück und Erfolg.

Aus allen Erinnerungen müssen wir herauswachsen

zu einer bestimmten Zeit,
um Platz zu machen für das Neue.
Obwohl Erinnerungen wie Bausteine sind,
so werden auch sie alt und unansehnlich,
wie alte Schuhe,
sodass sie eines Tages fortgeworfen werden.

Nur ein Schimmer
von besonderer Herrlichkeit
in vergangener Zeit
bleibt in einer romantischen Version
in unseren Gedanken
für immer
zum Träumen und Phantasieren
im Alter.

# In aller Kürze

*von Edith Polski*

Die Leidenschaft in mir wurde entfacht
mit dem Berühren deiner Hand,
die meinen Arm zärtlich streichelte.
Deine Unruhe nachts,
das Wandern entlang des Korridors
sprach von deiner Frustrierung.
Ich wusste, was dich bedrückte,
aber ich wollte nicht reagieren
- du warst verheiratet -.

Du setztest deine Annäherungsversuche fort,
vorsichtig und heimlich.
Ich zeigte mich gleichgültig,
zog mich zurück in die Sicherheit meines Zimmers.

Eines Abends die Überraschung:
Du küsstest mich,
bewegtest Himmel und Erde in mir
doch ich zeigte es nicht,
stellte mich gelassen.

Als es Zeit wurde abzureisen,
war ich erleichtert:

Nichts war geschehen.
Keinem Dritten war wehgetan worden.
Was unsere Herzen begehrten, hatten wir unterdrückt.

Der Rückflug über eine große Entfernung
brachte auch Briefe, die folgten,
die versuchten zu überreden,
die flehten und bettelten -
und wir sahen uns wieder
an einem anderen Ort.

Wir explodierten in unserer Liebe,
wurden eins und vergaßen alles für viele Tage -
bis es Zeit wurde
für den endgültigen Abschied.
Obwohl du nicht zurückgehen wolltest,
wusste ich, dass du gehen musstest
- weil du verheiratet warst -.

Jahre vergingen, gute und schlechte Zeiten folgten:
ein Umzug in eine andere Welt,
eine Heirat, eine Scheidung - Leben mit den übli-
chen Erfahrungen.
Der Traum von dir war immer bei mir,
stand hoch wie ein Leuchtturm am Horizont.
Ich werde dich lieben bis zum letzten Atemzug
und darüber hinaus.

# Wohin?

Es war ein sonniger Herbsttag im August 1967 als ich meine Tochter Martina in ihrem kleinen hölzernen Wägelchen entlang der Landstraße von Iserbrook nach Schenefeld zog. Es machte ihr Spaß, darin zu sitzen, obwohl sie hin und her gerüttelt wurde, weil der Fußweg holperig war. Sie stieg nach einer Weile aus und ging neben mir. Ein weiter Weg für ein vierjähriges Mädchen.

Nach einer knappen Stunde erreichten wir unser Ziel, den Krummstück Nr. 3, wo uns eine freundliche ältere Dame in ihrem Haus empfing und uns ein Glas Limonade zur Erfrischung anbot. Frau Eva Milde hatte eine Anzeige im „Hamburger Abendblatt" aufgegeben, auf die ich geantwortet hatte. Sie vermietete zwei Zimmer und war erfreut, dass ich mit meiner Tochter bei ihr wohnen wollte. All meine vorherigen Bemühungen für ein Zimmer waren fehlgeschlagen wegen meines Kindes, doch Frau Milde hatte geantwortet: „Ich liebe Kinder und Sie sind herzlich willkommen in meinem Heim."

Frau Milde zeigte uns die Zimmer: das größere war im ersten Stock, denn ihr Haus war ein Reihenhaus, das zwei separate Besitzer hatte. Dieser Raum hatte einen Balkon mit Ausblick auf den Garten. Das zweite Zimmer lag einen Stock höher direkt unter dem Schrägdach, mit großem Fenster zum Himmel sozusagen; ein kleineres Fenster konnte von einer Nische aus geöffnet werden, von dem man auf den Eingangshof sehen konnte. Dieses Dachzimmer verfügte über viele eingebaute Schränke und reichlich Platz für zwei einzelne Betten.

Mir gefielen beide Zimmer. Sie waren hell und freundlich. Frau Milde erklärte, dass sie auch in der Küche Platz für meine persönlichen Dinge gemacht hätte, ebenso in ihrem Kühlschrank. Die Waschmaschine könnte ich auch benutzen. Das Badezimmer ging vom unteren Eingangsflur ab, in dem sich auch die einzige Toilette befand. Auch die Kellertreppe ging von diesem Flur ab, in dem ich eventuelles Gerät deponieren könnte, zum Beispiel Regenmäntel, Gummischuhe und dergleichen. Für alles war gesorgt.

Frau Milde verlangte einen Mietvorschuss, wie es immer noch in Hamburg üblich war, denn Wohnungen und Zimmer waren knapp, auch brauchte ein Vermieter eine Sicherheit.

Ich stimmte ihren Bedingungen zu, und wir verabredeten einen Tag, an dem ich mit meinen Möbeln einziehen würde.

Als wir uns verabschiedeten, kam ein Nachbar gerade aus dem gegenüberliegenden Hauseingang. Frau Milde stellte uns vor. Herr Heene, ein junger Mann, wollte gerade in sein Auto steigen. Er fragte, ob er mich irgendwo absetzen könnte. Martina und ich nahmen sein Angebot freudig an und er fuhr uns nach Hause.

# Fortgehen

Unser Zuhause war in Iserbrook, Isernrade Nr. 3, wo wir erst vor einem Jahr ein neues Reihenhaus bezogen hatten. Mein Mann, Martina und ich hatten diese neue Siedlung wachsen sehen und waren in dem ländlichen Gebiet gern spazieren gegangen. Inzwischen waren viele dieser früheren Weiden mit zweistöckigen Wohnhäusern bebaut, aber auch mit Eigentums-Reihenhäusern, zu denen vorn und hinten Grünflächen gehörten. Zäune gab es nur zur Straße hin. Jeder hatte eine vom Nachbarhaus abgeschirmte Terrasse, um die herum sich jeder ein wenig Buschwerk gepflanzt hatte. Von der Terrasse aus ging eine Treppe in den Keller.

Martina hatte sich mit zwei gleichaltrigen Nachbarkindern angefreundet. Die Kinder konnten ungehindert über die Rasenfläche laufen, dort auch spielen, denn kein Grundstück war mit einem Zaun ausgetrennt. Am Wochenende besuchten sich die Kinder in den jeweiligen Häusern; auch Martina bekam manchmal Besuch von einem Mädchen und Jungen. Da sie während der Woche bei meinen Eltern war, waren dies nur kurzzeitige Zusammenkünfte, doch sie hatte Freude daran, in ihrem eigenen Zimmer mit den Freunden zu spielen.

Seit einem Jahr war ich wieder ganztags berufstätig geworden nach einer Pause von zwei Jahren, in der wir in einem Behelfsheim in Iserbrook zu billiger Miete gewohnt hatten. Die Behelfsheime, Überbleibsel aus dem Kriege, wurden dann abgerissen, weil das Gelände mit Neubauten saniert werden sollte. Uns wurde eine Wohnung angeboten, doch mein Mann und ich hatten uns letztlich entschieden, ein Reihenhaus zu kaufen. Ich hatte mich gesträubt, weil ich wusste, dies würde für mich eine Vollzeitbeschäftigung bedeuten.

Mein vorheriger Arbeitgeber, ein Tabakunternehmen, hatte mich wieder eingestellt. Ich wurde in die Auslandsabteilung versetzt, in der es mir recht gut gefiel. Martina blieb von montags bis freitags bei meinen Eltern in Eidelstedt, wo wir sie mittwochs besuchten. Freitags holten wir sie dann nach Hause. Unser Familienleben veränderte sich drastisch. Die Arbeit verlangte meine volle Konzentration. Am Abend wartete der Haushalt auf mich; am Wochenende das Einkaufen, das Saubermachen und das Kind. Alle Arbeiten lagen auf meinen Schultern, weil mein Mann die Einstellung hatte, dass dies alles Frauenarbeit sei.

Er meinte dann oft, dass alles nur eine bessere Organisation benötige.

Derlei Vorschläge verärgerten mich, doch es lag mir nicht, alles in Unordnung zu sehen, auch sollten regelmäßige Mahlzeiten zubereitet werden. Wenn obendrein am Wochenende Besuch kam, brachte das meine Pläne durcheinander. Meistens blieb keine Zeit für mich, zu entspannen, mit Martina zu spielen oder spazieren zu gehen. Am Ende des Tages fiel ich müde ins Bett, denn früh morgens klingelte der Wecker wieder, um zur Arbeit zu gehen.

Werner trank immer schon gern sein Bierchen, aber auch Cognac dazu. Dies verschlimmerte sich im neuen Haus, wo er meist schon zum Frühstück mit dem Biertrinken begann. Martina mochte das gar nicht, wenn er dann mit ihr schmusen wollte. Sie lehnte es ab und sagte: „Papi, du riechst nach Bier." Durch Besuch oder seine früheren Kunden, die ins Haus kamen, für die er nach wie vor Fernseher reparierte, fühlte er sich angeregt, Getränke anzubieten. Viele wollten keinen Alkohol, weil sie mit dem Auto gekommen waren, doch er überredete sie oft, ignorierte ihre Ablehnung, war schnell mit Redensarten dabei, wie „auf einem Bein steht's sich schlecht" und ähnliches.

So war es auch an einem für mich vollbesetzten Samstag, an dem sich Werners Vater mit einem befreundeten Ehepaar angesagt hatte. Wir waren zusammen einkaufen gegangen, wobei Werner mir geholfen hatte, die Dinge nach Hause zu tragen. Die Sachen wurden aussortiert, weggestellt, dann das Mittagessen zubereitet, gekocht.

Am frühen Nachmittag kamen die Gäste zum Kaffee. Es wurde viel getrunken, doch ich hielt mich immer zurück. Oft meinte dann Werner zu mir: „Trink mal was, damit du Mensch wirst."

Ich sorgte dafür, dass es ein kräftiges Abendbrot gab. Ich überließ die Gäste Werner, während ich die Küche aufräumte und ließ mir auch Zeit, Martina eine Geschichte vorzulesen, bevor sie einschlief. Das hatten wir immer getan, als ich noch Zuhause war. Jetzt tat es meine Mutter, denn Martina fühlte sich wohl bei ihrer Oma. Allerdings mochte sie es gar nicht, dass ich arbeiten ging. Schon als Zweijährige hatte sie mir oft gesagt: „Mami, nicht arbeiten gehen." Aus dem Grunde verweigerte sie mir dann häufig den Abschiedskuss. Das bedrückte mich immer sehr.

Es wurde sehr spät an diesem Abend. Es wurde viel diskutiert, aufgeregt und laut, ich erinnere nicht, worum es ging, doch Werner wurde plötzlich wegen eines Themas aggressiv. Das befreundete Ehepaar und mein Schwiegervater wollten nach Hause gehen, doch Werner hielt seinen Vater zurück, rangelte mit ihm, als ob sie sich schlagen wollten. Der Mann des Ehepaares trennte die beiden. Dann gingen sie fort.

# Die Entscheidung war gefallen

Ich war entsetzt: Schlägerei in meinem Hause, nein! Das sollte es nie geben. Meine Entscheidung fiel in dem Moment: ich würde Werner verlassen.

Ich fragte mich schon lange, weshalb ich mit einem Mann zusammenlebte, der nicht an mir interessiert war, der mich nicht liebte. Weshalb sollte ich mich weiterhin bemühen, die Dinge im Haus in Ordnung zu halten nach meiner beruflichen Beschäftigung, wenn die Harmonie und Gemeinsamkeit fehlten. Obendrein hatte ich immer weniger Zeit, mich um meine Tochter zu kümmern, das bedrückte mich und sie.

Ich fühlte mich verlassen von einem Mann, den ich verehrt hatte, in den ich mich sofort verliebt hatte seit er plötzlich in mein Leben kam. Dies alles schien so lange her zu sein. Wir hatten uns so weit voneinander entfremdet.

Ich musste eine Wohnung, ein Zimmer, irgendeine Unterkunft finden. Somit schaute ich in den Anzeigen nach, erkundigte mich per Telefon, hatte aber wenig Erfolg, weil ich dort mit meiner Tochter leben wollte. Das Blatt wendete sich, als ich Frau

Milde anrief, die mich aufnehmen wollte. Ich sprach nur mit einigen Kollegen über meinen Plan, hatte ihre Adresse auf einem Zettel in meiner Handtasche. Meinen Mann wollte ich überraschen, ausziehen an einem Tag, wo ich wusste, er würde nicht im Hause sein.

Mein Arbeitgeber hatte mir Geld für den Mietvorschuss geliehen, das in kleinen Raten von meinem Gehalt abgezogen werden sollte. Einen Möbelwagen hatte ich bestellt. Ich wollte einige Möbel mitnehmen, ihm jedoch in Wert etwa die Hälfte lassen, z. B. das neue Schlafzimmer.

Meine persönlichen Dinge hatte ich schon bereitgestellt, doch wollte den Rest des Zusammenpackens für den Morgen des Umzugs lassen.

Alles kam anders, als geplant. Werner hatte in meiner Handtasche den Zettel mit der Adresse gefunden und dadurch seine Schlüsse gezogen. Er ging nicht aus dem Haus, stand immer um mich herum, wollte mich umstimmen. Ich war aber nicht bereit, mich umstimmen zu lassen, denn unsere Ehe war schon lange keine mehr gewesen, wie ich sie mir vorgestellt hatte. All meine Vorschläge, uns freundschaftlich zu trennen, waren fehlgeschlagen. Er wollte daran nicht denken. Ich fühlte mich überbelastet, bekam keinerlei Hilfe durch ihn, arrogante

Ratschläge anstelle von Verständnis und Hilfe. Ich hatte genug von allem, war fertig mit ihm wegen seines lieblosen Verhaltens mir gegenüber und wegen seines Trinkens.

Als der Möbelwagen kam, hatte ich vieles nicht gepackt.

Werner fragte mich während ich versuchte, die Dinge zum Transport bereit zu stellen: „Wer soll jetzt meine Wäsche waschen? Wer soll für mich sorgen?"

Ich antwortete ihm, er könne versuchen, erwachsen zu werden und für sich selbst zu sorgen.

Bevor ich das Haus verließ, rief Werner mir noch nach: „Ich lasse mich nie scheiden."

# Neubeginn

Letztlich musste ich vieles zurücklassen, das einge-
packt hätte werden sollen. Diese Dinge sah ich nie
wieder. Als ich endlich im Möbelwagen fortfuhr,
war ich erleichtert. Nur die kurze Fahrt bis zum
Krummstück, wo die Sachen abgeladen werden
konnten. Frau Milde hatte hilfsbereite Nachbarn,
die halfen, sodass am Abend alles an Ort und Stelle
verstaut war. Betten und andere Dinge müssten
noch besorgt werden. Frau Milde sorgte für die Ver-
pflegung, und ich fühlte mich geborgen in ihrer
Mitte. Herr Heene und Frau und das Ehepaar von
der anderen Straßenseite, Müllers, kamen vorbei,
um mich zu begrüßen und boten Hilfe an.

Ich konnte auf meiner Couch eine angenehme
Nachtruhe verbringen. Der erste Schritt in einen
neuen Lebensabschnitt war getan. Es sah gut aus.
Keiner trank Alkohol dort. Es wurde Limonade,
Kaffee oder Tee getrunken.

In den folgenden Tagen besorgte ich die fehlenden
Betten und Lampen mit Frau Mildes Hilfe. Sie war
versiert im Einkaufen durch ihre langjährige Be-
rufstätigkeit in einem großen Warenhaus. Herr
Müller und Herr Heene kannten sich mit elektri-
schen Anschlüssen aus, stellten auch die Betten auf,

sodass ich mich um nichts zu kümmern brauchte. Diese Hilfe nahm ich dankend an. Wie ich bald feststellen konnte, war deren Verhalten ganz normal für sie. Diese Nachbarn halfen sich immer gegenseitig.

Am Freitagabend brachte ich dann Martina mit nach Schenefeld. Ihr gefiel die kleine Ecke in unserem Schlafzimmer, auch freute sie sich, dass wir beide nun in einem Zimmer zusammen schlafen würden. Am Wochenende konnte sie dann zu mir ins Bett kriechen. Es gab auch Spielkameraden für sie. Da waren Taina, die jüngste Tochter von Müllers, und zwei Mädchen aus unserem Nachbarhaus. Auch die Erwachsenen, all die Fremden in unserem neuen Wohnbereich, konnte sie gut leiden. Trotzdem hatte sie viele Fragen, weshalb wir jetzt hier wohnten und warum nicht mehr mit Papi zusammen. Sie saß auf den Treppenstufen am Eingang, kaute an ihren Fingernägeln und fragte nach ihrem Papi.

Ganz vorsichtig und verständlich für meine Vierjährige erklärte ich ihr, dass auch große Leute sich manchmal zankten, wie sie so oft mit Spielkameraden. Genau wie sie diese anderen Kinder dann nicht mehr leiden mochte, so sei es zwischen Papi und mir gekommen. Papi wohnte weiterhin in dem anderen Haus und wir jetzt bei Frau Milde. Bald würde sie ihren Papi wiedersehen und besuchen können.

In ähnlicher Art musste ich ihr dieses mehrere Male erklären, weil es ihr schwer fiel, die Situation zu begreifen. Von diesem Zeitpunkt an kaute sie an ihren Fingernägeln. Nichts half, sie davon abzubringen.

Wie für meine Tochter, so war auch für mich die Umstellung schwer zu verkraften.

Innerhalb von wenigen Tagen verlor ich 10 kg Gewicht. Aus meiner Anwaltslehre kannte ich Scheidungsfälle, in die ich Einblick bekam. Ich hatte es stets abscheulich gefunden, wie man über die intimsten Situationen in Akten geschrieben hatte. Nie wollte ich geschieden werden, sagte ich immer. Nun war ich an dem Punkt angekommen, von dem es kaum ein Zurück gab.

Ich machte mir Gedanken, wie ich mit meiner Verantwortung für meine Tochter zurechtkommen könnte. Meine Mutter war nicht die Gesündeste, sodass wir schon im Jahr zuvor Martina ganz plötzlich wieder in den Kindergarten hatten bringen müssen, damit ich weiterhin zur Arbeit gehen konnte.

Martina war auch oft selbst erkrankt, so schwer, dass ich unbezahlten Urlaub hatte nehmen müssen, um mich um sie zu kümmern. Zu jener Zeit konnten wir mit dem Gehalt meines Mannes alle Unkosten decken. Wie würde ich eine derartige Situation allein verkraften können?

Frau Milde machte es mir leicht, mich wohl in ihrem Haus zu fühlen. Wir nahmen unsere Mahlzeiten gemeinsam in ihrem Wohnzimmer ein. Mal kochte sie, mal ich. Ebenso halfen wir uns gegenseitig mit dem Einkaufen und Saubermachen am Wochenende. Wir machten alles zusammen, sodass wir beide danach freie Zeit für andere Dinge hatten.

Wenn ich abends von der Arbeit kam, hatte Frau Milde schon das Abendbrot vorbereitet, sodass wir gleich zusammen essen konnten.

In der Küche stand die automatische Waschmaschine. Wir sammelten die Stücke für eine Ladung. Später nahm sich Frau Milde während des Tages der Wäsche an und trocknete sie draußen. Oft lag meine gewaschene Wäsche schon am Abend gefaltet und geplättet auf meinem Wohnzimmertisch. Frau Milde hatte eine Mangel, mit der sie das erledigte.

Ich konnte diese Hilfe gutmachen, in dem ich einzelne Kleidungsstücke, wie z. B. Blusen, mit der Hand plättete. Auch übernahm ich später Ausbesserungsarbeiten mit der Nähmaschine oder in Handarbeit. So halfen wir uns gegenseitig mit dem, was jedem von uns am leichtesten von der Hand ging. Es bestand ein harmonisches Einverständnis zwischen uns von Anfang an.

Frau Milde war schon mit 47 Jahren Witwe geworden, ihr Mann verstarb sehr plötzlich. Sie arbeitete als Hauptverkäuferin in einem großen Warenhaus in Eppendorf, eine verantwortungsvolle Anstellung in leitender Position. Das Schicksal traf sie aber hart, als sie kurz nach dem Tode ihres Mannes an einer Geschwulst im Hals erkrankte, dadurch wurde ihr das Sprechen erschwert. Sie konnte nach der Operation ihren Beruf nicht mehr ausüben und wurde Früh-Rentnerin. Die geringere Rente deckte aber nicht die Kosten für Haus und Unterhalt. Sie brauchte eine Nebenbeschäftigung und musste Zimmer vermieten.

Als ich zu ihr zog, hatte sie gerade einen Kursus zur Fußpflege beendet und sich eine kleine Praxis in ihrem Schlafzimmer im ersten Stock eingerichtet. Leider hatte sie bisher kaum Kunden, sodass ich kleine Reklamezettel für sie vorbereitete, die wir dann abends zusammen in viele Briefkästen in der näheren Umgebung steckten.

Frau Milde erlernte das Sprechen wieder. Sie hatte immer noch Schwierigkeiten mit dem Schlucken, konnte dieses aber geschickt verdecken. Diese lebenslustige, hilfsbereite Frau hatte eine so positive Ausstrahlung, die ansteckend war. Ich lernte ihren Humor und ihre Herzlichkeit zu schätzen. Ich bewunderte sie und ihre Offenheit.

Am ersten Tag sagte sie mir, der völlig fremden Person, dass sie nichts in ihrem Haus abgeschlossen halte. Sie vertraue den Personen, die in ihr Haus kämen, so auch mir, und hoffte, dass auch ich dies respektieren würde. Ich tat es immer, denn ich war dieses Verhalten auch aus meinem Elternhaus gewöhnt.

Ein knapper Monat war vergangen, als mir die Scheidungsklage von Werner zugestellt wurde. Er hatte es sich also anders überlegt.

Für Martina war ein Besuchsrecht eingeräumt worden, sodass sie jedes zweite Wochenende von ihrem Vater abgeholt und sonntags wieder zurückgebracht wurde.

Manchmal holte Werner sie von meinen Eltern ab und brachte sie auch dorthin zurück, sodass ich Martina dann gar nicht bei mir hatte. Wenn sie nach einem Wochenende von dort zurück zu mir kam, war sie sehr oft ungezogen, sträubte sich, in unseren allgemeinen Rhythmus zu kommen. Es dauerte immer eine Weile bis sie sich wieder an mich gewöhnen konnte. Diese Spannungen waren unerfreulich, doch ich musste sie hinnehmen und versuchte, ihre Stimmungen zu ignorieren.

In die nette Nachbarschaft von Frau Milde wurde auch ich einbezogen. Frau Milde spielte gern Karten, ebenso die Nachbarn. Dann und wann trafen sich daher Herr Heene, Herr Müller und Frau Milde zum Kartenspiel in ihrem Wohnzimmer. Frau Müller und Frau Heene kamen auch dazu, obwohl sie nicht spielten. So setzte auch ich mich dazu und lernte mit der Zeit, ein wenig Skat zu spielen, war aber nie so schnell wie diese drei profilierten Spieler es konnten. Ich machte mir Notizen und lernte davon. Auch mir machte das Spaß.

Diese Kartenspiele gingen bis spät in die Nacht hinein und fanden meistens am Wochenende statt, abends, wenn Taina, die Tochter von Müllers, einen Aufpasser hatte. Herr und Frau Müller waren schon vorher einmal verheiratet gewesen, hatten beide Kinder aus den ersten Ehen, die wesentlich älter waren, doch oft zu Besuch kamen. Wenn Martina bei mir war, schlief sie dann schon.

Frau Milde hatte auch mehrere ältere Verwandte. Zwei Tanten und ihre Schwiegermutter kamen abwechselnd auf einen Wochenendbesuch. Diese Damen schliefen dann im Wohnzimmer und wurden sehr liebevoll von Frau Milde umsorgt. Wenn das Wetter es erlaubte, wurde im Garten gefrühstückt. Dazu kamen dann oft auch Herr und Frau Heene zum Klönschnack und einer Tasse Kaffee. Manchmal wurde ich eingeladen, an den Mahlzeiten teilzunehmen. Ich hielt mich aber zurück, denn es waren private Besucher, die sich auch privat mit Frau Milde unterhalten wollten. Ebenso verhielt sich Frau Milde, wenn ich Besuch hatte.

Meine Eltern brachten Martina oft am Freitagnachmittag zu mir. Dann wurden sie wie liebe Gäste von Frau Milde empfangen und bewirtet bis ich nach Hause kam.

Die Hilfsbereitschaft in der Nachbarschaft beruhte auch auf der Gastfreundschaft von Frau Milde, die oft leckere Kuchen backte und dann alle zum Kaffee einlud. Herr Heene war für sie wie ein großer Junge, den sie nie hatte. Er war aus dem Osten Deutschlands geflüchtet, wie auch Frau Milde während des Krieges. Sie konnten sich schon deshalb verstehen. Seine Eltern lebten in der Ostzone, zu denen er kaum Kontakt haben konnte wegen der Mauer, die Ost von West trennte. Auch Frau Milde hatte Verwandte in der Ostzone, die sie nur unter großen Schwierigkeiten besuchen konnte.

Herr Heene war Elektriker. Frau Heene arbeitete in einem Geschäft, das feines, teures Porzellan verkaufte. Sie liebte ihren Beruf und all das Schöne, das sie verkaufen sollte. Diese Liebe führte später dazu, dass die beiden selbst ein Geschäft aufmachten und mit derlei Kostbaren handelten. Herr Heene nahm auch eine Auslandsarbeit an, in Libyen. Als er zurückkehrte, brachte er eine Hose mit, die Libyer in dem heißen Klima tragen und führte uns diese Pumphose eines Abends vor, als wir eine Waldmeister-Bowle auf Frau Mildes Terrasse tranken.

Dieses junge Paar hatte viele Pläne. Sie renovierten selbst an ihrem Haus, wollten alles verbessern, doch das Geld war knapp und so auch ihre Zeit nach der beruflichen Beschäftigung. Ab und zu gingen sie aus, ins Theater oder zum Essen. Manchmal kam Frau Heene dann vorbei, um sich in ihrem neuen Kleid vorzustellen. Sie liebte es, fein auszugehen, sie waren beide ungebunden und genossen ihr Leben ein wenig.

Somit war ich in diese nachbarschaftliche Familie aufgenommen worden und fühlte mich dort auch recht wohl, doch es kamen auch die stillen Stunden vorm Schlafengehen, die mich daran erinnerten, dass ich einen Schritt in ein Einzelleben getan hatte.

Außer des Berufes, der Fürsorge und Verpflichtungen für mein Kind gab es wenig Abwechslung. Obwohl das Verhältnis zu meinem Mann nicht zufriedenstellend gewesen war, so war ich doch Ehefrau gewesen. Nun gehörte ich nur noch zu meinem Kind, das ich aber auch teilen musste. Diese, meine neue Stellung im Leben, wurde mir besonders bewusst, wenn wir in gemütlicher Runde mit den anderen Paaren aus der Nachbarschaft saßen.

Weihnachten 1967 ging vorbei mit Besuchen bei meinen Eltern und Martinas Besuch bei ihrem Vater. Silvester war Martina krank und musste bei meinen Eltern bleiben. Ich besuchte sie, feierte aber dann mit Frau Milde, ihren Freunden und den Nachbarn, die eine lustige Gesellschaft bildeten. Sie blieben noch lange nach dem Jahreswechsel, sodass ich mich zurückzog.

Jahreswechsel, das Anstoßen, das Glockenläuten und Geknalle erwecken in mir immer diese melancholischen Gefühle eines Abschlusses, eines Abschieds, einer inneren Einsamkeit. Diese depressiven Gedanken vertieften sich und fragten: „Wofür all diese Mühen? Welchen Wert hat das Leben?"

Ich konnte nicht weinen. Ich ging in mein Schlafzimmer unter dem Dach und nahm alle Beruhigungstabletten, die ich bei mir hatte. Dann legte ich mich ins Bett.

# Erwachen - Leben

Am ersten Tag des neuen Jahres 1968 wachte ich im Krankenhaus Hamburg-Rissen auf. Alle Menschen aus meinem Umfeld waren froh darüber, nur ich nicht.

„Weshalb haben Sie mich nicht gelassen?", fragte ich die besorgt aussehende Frau Milde, die an meinem Bett saß.

Durch einen Zufall fand sie mich in meinem Zimmer, nachdem ihre Silvestergäste fortgegangen waren. Sie hatte sich gewundert, weshalb ich die lustige Gesellschaft schon so früh verlassen hatte. Da sie sehr aufmerksam und feinfühlend war, kam sie die Stufen zu meiner Dachkammer hinauf, um nachzusehen, ob alles in Ordnung war. Sie fand mich bewusstlos auf dem Bett liegend. Ich hatte eine Überdosis Schlaftabletten geschluckt. Sie rief einen Krankenwagen, der mich mit Blaulicht ins Krankenhaus brachte.

Mehrere Wochen blieb ich dort und wurde therapeutisch betreut. Eine Psychologin wollte wissen, weshalb ich die Schlaftabletten genommen hatte.

Ob mich jemand gekränkt hätte oder was mich bedrückte.

Ich hatte ihr geantwortet: „Als ich mit all den frohen Menschen an Silvester zusammen war, fühlte ich mich plötzlich so schrecklich allein. Ich hatte niemanden, den ich liebhaben konnte. Mir wurde klar, dass ich geschieden war und nun allein für mich und mein Kind sorgen musste. Das erschien mir als eine so große Hürde, die ich nicht überspringen konnte."

„Haben Sie denn gar nicht an Ihre kleine Tochter gedacht, was es für sie bedeutet hätte, wenn ihre Mutti nicht mehr wäre?", fragte die Psychologin.

„Nein, daran habe ich in dem Moment nicht gedacht. Ich war verzweifelt und sah die Zukunft wie eine schwarze Wand, an der ich nicht vorbei kam."

Nach diesen Besprechungen fühlte ich mich so schlecht und schuldig. Ich schämte mich, sodass ich mich in meine Zimmerecke zurückzog. Mein Bett stand an einem großen Fenster, durch das ich in den Wald hinausschaute, der dieses Krankenhaus in Rissen umgibt. Da es Winter war, sah ich auf kahle Bäume, doch gab es auch immergrüne Tannen und Gesträuch, in denen sich zeitweilig einige Vögel aufhielten.

Lieber Besuch hatte mir Maiglöckchen, meine Lieblingsblumen, gebracht. Sie dufteten angenehm und süß. Da lagen auch Zeitschriften, Rätselhefte und kleine Decken, die ich besticken konnte. Dies waren alles Geschenke, die mich erfreuen sollten. Ich beschäftigte mich mit diesen Dingen, doch ohne große Freude.

Wenn ich auf den Flur hinausging, traf ich oft auf eine Gruppe von Menschen, vorwiegend Männer, die sich um einen runden Tisch versammelt hatten, um Karten zu spielen. Ihre Unterhaltung war lebhaft und oft von Lachen begleitet. Manchmal blieb ich stehen und schaute ihnen zu. Als sie merkten, ich zeigte Interesse an ihrem Spiel, luden sie mich ein, Platz zu nehmen. Sie begannen ein Gespräch mit mir.

Wir waren alle hier zum Gesundwerden, doch über unsere Krankheiten sprachen wir kaum. Bei den drei aktiven Spielern, sie spielten Skat, drehte es sich darum, was Trumpf war und wer die besten Karten ausspielen konnte. Es wurde nicht um Geld gespielt, aber das Spielergebnis wurde errechnet und notiert, schließlich musste der Gewinner gefunden werden. Wie flink sie mit dem Zählen waren! Ich konnte die Karten nicht so schnell zusammenrechnen.

Die Zeit verging so rasch in Gesellschaft dieser Mitpatienten, die zwischen den Mahlzeiten und den

Arztbesuchen zuvor so langsam verstrichen war. Es wurde gescherzt und gelacht und keiner von uns fühlte sich während dieser Spiele krank. Auch meine Stimmung verbesserte sich zusehends. Diese netten Menschen, die alle ihre eigenen Probleme hatten, wie ich meine, konnten sich so herzlich freuen. Auch ich konnte durch diese leichten Unterhaltungen meine schwarzen Wolken vertreiben.

Von Familie und Freunden erhielt ich nur Aufmerksamkeiten und Aufmunterung. Keiner tadelte mich wegen meines Verhaltens. Sie waren glücklich, als sie in mir die positive Veränderung wahrnehmen konnten. Wir wussten alle, bald würde ich wieder Zuhause sein.

Ein Herr aus dieser Gruppe wollte auch nach meiner Entlassung mein Freund sein, sagte er. Er besuchte mich tatsächlich und lud mich gelegentlich zu einem Ausflug mit seinem neuen Auto ein. Bruno liebte schnelle Autos. Er lud mich auch zum Tanzen ein, doch es gefiel mir nicht in der Diskothek, wo die schrille Musik so die Stimmung verdarb. Wir unterhielten uns dann lieber sehr nett in einem Café.

Ich fragte ihn nach seinem Beruf.

„Ich bin Handwerker, gelernter Tischler."

Er berichtete mir stolz von den Innenarbeiten in seinem Haus. Er wäre erst sehr spät nach dem Kriege aus der russischen Gefangenschaft zurückgekommen, erzählte er. So viele seien dort geblieben, doch er habe Glück gehabt. Sein praktischer Sinn hätte ihm Ideen gegeben, die ihm während der langen Zeit der Gefangenschaft geholfen hätten, dort nicht zu verhungern. Aus einfachen Blechdosen habe er Schmuckstücke, wie Ringe, angefertigt, die er oft mit farblichen Dosenteilen dekorieren konnte. Die Russen wären auf seine Kunstwerke scharf gewesen und hätten es sich etwas kosten lassen. Er tauschte diese Schmuckstücke gegen Lebensmittel ein, die ihm und seinen Kameraden zu wichtigen Kraftreserven verhalfen.

Er wurde Zeuge von schrecklichen Begebenheiten in diesem Lager. Einen besonders kritischen Fall erwähnte er, der sich zwischen weiblichen Gefangenen und den männlichen Häftlingen abgespielt habe. Die weiblichen Gefangenen wurden schlecht von den Wärtern behandelt und waren sexuell frustriert. Als sich eine günstige Gelegenheit ergab, überfielen einige Frauen aus Rage einen der männlichen Aufsichtspersonen, überwältigten ihn, sodass einige Frauen ihn sexuell missbrauchten bis man dieser wütenden Frauen Herr werden konnte. Der Überfallene kam kaum mit dem Leben davon. Die deutschen Gefangenen, die Zeugen waren, wurden von anderen russischen Aufsichtspersonen zurückgehalten, damit sie in diesen Krawall nicht einbezogen wurden.

Ich merkte, wie es ihn erleichterte, sich ein wenig von diesen Erlebnissen befreien zu können.

„Ich war so froh, als ich endlich wieder auf deutschem Boden stand", erzählte er. „Leider fand ich keine liebende wartende Frau vor. Sie hat sich einem anderen Mann zugewendet und will sich nicht von diesem trennen."

Er war sehr enttäuscht und wusste, dass er in seinem eigenen Hause nicht willkommen war. Er habe alles versucht, seine Frau umzustimmen, viele Ausbesserungen und Erneuerungen im Hause vorgenommen, doch eines Tages habe er aufgegeben, für seine Ehe zu kämpfen. Die Scheidung wäre kurz vor der Vollendung.

Bruno sprach viel zu viel über seine Familienprobleme, die mich belasteten, wollte ich doch meine eigenen hinter mir lassen.

Er hatte sich in mich verliebt und wollte mich heiraten. Ich liebte ihn aber nicht. Er war ein netter Kerl und guter Freund geworden, doch mehr war ich nicht in der Lage zu geben. Ich sagte es ihm ehrlich, wie leid es mir täte, bot ihm aber an, nach wie vor befreundet mit ihm sein zu dürfen. Daran haben wir auch festgehalten.

# Geschäftsreise nach Rom

Auf meiner Arbeitsstelle in dem Tabakunternehmen zeigte man sich mir gegenüber nach meiner
Entlassung sehr verständnisvoll. Es blieb eine Per-
sonalangelegenheit und wurde kein allgemeines
Gesprächsthema. Die Herren, für die ich arbeitete,
waren diskret.

Ende Februar 1968 ergab es sich, dass jemand eine
Stange Zigaretten nach Rom bringen sollte, zur An-
meldung beim dortigen Monopol. Dieser Termin
wurde immer erst am letzten Tag der Anmeldezeit
bestätigt, um eine Gelegenheit der Spionage zu ver-
hindern. Keiner der leitenden Herren hatte andere
Geschäfte in Rom zu erledigen, sodass mir angeboten wurde, diese Reise - auf Geschäftskosten - zu
übernehmen. Ich war überrascht und nur zu gern
bereit, den Auftrag anzunehmen. Der Flug war gebucht und die Sekretärin in Rom angewiesen worden, einen Tag für mich frei zu nehmen, um mir so
viel wie möglich von den Sehenswürdigkeiten
Roms zeigen zu können.

Mit der Taxe zum Flughafen Hamburg, von dort
nach Frankfurt, umsteigen in die Maschine nach
Rom. Mein erster Flug. Ein herrliches Erlebnis für

mich. Aus dem Fenster dieses großen silbernen Vogels konnte ich das Haus meiner Eltern in Eidelstedt erkennen als wir darüber hinwegflogen. Ich genoss die Atmosphäre, ein Fluggast zu sein. Neu war es für mich, über den Wolken zu fliegen, als ob man darauf spazieren gehen könnte, so dicht verdeckten sie die Welt darunter.

Um 11.40 Uhr landete ich in Rom und wurde von der Sekretärin, Fräulein Prang, und dem Vertreter, Enrico Rinaldi, herzlich empfangen. Ich überreichte ihnen die Stange Zigaretten, die wir dann sofort beim Monopol ablieferten. Danach fuhren sie mit mir ins Büro, wo ich mich ein wenig frisch machen konnte. Ich war zu warm gekleidet für die Sommertemperaturen in Rom und schwitzte mit meinem Rollkragenpulli. In Hamburg hatte es gefroren. Ich zog aus, was ich konnte.

Vom Büro aus luden mich die beiden zu einem delikaten römischen Mahl in einem eleganten Restaurant ein. Während der Autofahrt informierten sie mich über die Sehenswürdigkeiten, an denen wir vorbeifuhren, wie zum Beispiel dem Kolosseum. Es gab ja so viel zu sehen: All diese alten Gebäude, die großen freien Plätze mit den hübschen Springbrunnen in der Mitte.

Nach dem Essen fuhren wir zu einem Park, von dem aus wir einen guten Ausblick über die Stadt hatten. Wir wanderten ein wenig herum und schauten uns die großen Statuen in dem Park an. Wir besichtigten das Pantheon, schauten in aller Eile in den Vatikan, nach dem wir über den freien Platz vor diesem Palast gewandert waren. Die beiden führten mich zu der berühmten Statue der Pieta, die in späteren Jahren von einem Schänder beschädigt wurde. So viele historische Gebäude und Plätze mit Springbrunnen und Statuen hatte ich noch nie gesehen. Ich hätte gern mehr Zeit gehabt, all dieses in Ruhe anschauen zu können.

Ich warf auch einige Münzen in den Brunnen des Fontana di Trevi, einem wunderschönen Brunnen mit vielen Skulpturen zur Verzierung, um den sich viele Besucher versammelten. Es wird behauptet, dass die hineingeworfenen Münzen einen immer wieder zurück nach Rom ziehen werden.

Auf der Spanischen Treppe saßen junge Leute im Sonnenschein. Eine junge Frau bot Veilchen-Sträuße an, wovon ich einen kaufte, um den Frühling von Rom mit nach Hamburg zu nehmen.

In einem ungewöhnlichen Café tranken wir einen italienischen Mokka. Wir saßen dort auf Barhockern und tranken aus den kleinen Tässchen diesen starken Mokka. In einer Ecke dieses Cafés lagen viele Säcke mit ungebrannten Kaffeebohnen.

Wir wanderten durch eine kleine Gasse, wo ich in einem Spezialgeschäft ein rosa Smokkleidchen für meine Tochter kaufte.

Damit war der Besuch beendet, denn es wurde Zeit, mich zurück zum Flughafen zu fahren. Ich bedankte mich herzlich bei diesen beiden lieben Menschen, die sich so viel Mühe gegeben hatten, um die fünf Stunden in Rom für mich so vielseitig wie möglich zu gestalten.

Das Flugzeug flog in den Sonnenuntergang hinein. Der Blick bot ein malerisches Bild der Stadt im goldenen Schein. Ich war zu Tränen gerührt und hielt meine Veilchen auf dem Schoß.

Ein langer, erlebnisreicher Tag lag hinter mir. Versunken in einen Lebensrückblick flog ich zurück nach Hamburg. Ich wollte mehr Freude in mein Leben hineinlassen, um meine Pflichten leichter tragen zu können. Das habe ich beschlossen.

Es liegt schon so lange zurück und trotzdem erscheint mir manches so klar in der Erinnerung als sei es gestern geschehen. Eigentlich fing alles damit an, dass ich meine frühere Kollegin und Freundin besuchen wollte. Sie hatte 1963 ihren Mann geheiratet, der damals in Pakistan bei einer amerikanischen Firma arbeitete. Als der Damm dort gebaut worden war, zogen sie zusammmen nach Kalifornien, nach San Francisco, wo sie jetzt wohnten.

Endlich, nach langer Eintönigkeit, wollte ich einen ausgefallenen Urlaub machen, mit einem Flug über den großen Teich, nach San Francisco. Es schien auch alles so einfach, nachdem ich meine Auszahlung aus der Scheidungsvereinbarung 1969 bekommen hatte. Zu jener Zeit wurden preiswerte Charterflüge nach Amerika angeboten. Ich schrieb deshalb meiner Freundin von meinen Reiseplänen. Prompt kam ein Telegramm: „Willkommen, aber schwanger im siebten Monat."

Ich entschied mich für den Flug. Ich wollte ja nur hinaus, ein wenig in die neue Welt hineinschnuppern, meine englischen Sprachkenntnisse verbessern und mit meiner Freundin einmal wieder ausgiebig klönen, wie man im Hamburger Dialekt sagt.

Die Monate vergingen schnell; die Vorfreude stieg durch anregenden Briefwechsel und meine Englischstunden in der Abendschule bekamen neuen Auftrieb.

Das Leben im Haus von Frau Milde war für mich und meine Tochter harmonisch. Wir halfen uns gegenseitig bei allen Arbeiten, die anfielen, gingen zusammen zum Einkaufen, auch mal in die Oper, als ich preiswerte Karte durch meine Firma bekommen konnte. Vor der Oper hatten wir einen Imbiss im „La Ronge", einem eleganten Café nahe der Hamburger Staatsoper. Frau Milde kannte sich aus auf der eleganten Bühne des Lebens, die sie von Kind auf mit ihren Eltern in Berlin gewöhnt war. Ich lernte sehr viel von ihrer Expertise beim Kochen, beim Organisieren für Besucher. Alles musste bei ihr vorher so arrangiert sein, dass man dann Zeit für die Gäste hatte. Sie hatte manchen weisen Rat für mich. Sie verfügte über viele Erfahrungen, zumal sie das Schicksal in den vorhergegangenen Jahren hart getroffen hatte.

Ihre Hoffnung aber war nicht unterzukriegen. Eine ihrer weisen Redewendungen war: „Wenn nichts klappen will, dann helfen unsere Lieben da oben." Damit dachte sie an ihren verstorbenen Mann und ihre Mutter.

Auch im Büro hatte ich nette Kolleginnen, mit denen ich freie Zeit verbringen konnte. Einige besuchten mich sogar und ließen sich bei der Gelegenheit von Frau Milde die Füße pflegen. Frau Milde hatte meistens für mich den Tisch gedeckt, damit wir dann zusammen dort einen Imbiss zu uns nehmen konnten.

An einem Wochenende lud mich eine frühere Klassenkameradin, Helga, ein, mit ihr zum Tanzen zu gehen. Das war etwas Neues, Ausgefallenes für mich. Wir trafen uns in der Stadt und sie kannte sich aus, wusste wohin wir gehen sollten. Es war ein Tanzlokal nahe dem Hauptbahnhof. Wir fanden bald Tänzer und gute Unterhaltung. Helga traf dort auf einen Bekannten, mit dem sie den ganzen Abend an der Bar saß. Ich ließ mich nicht irritieren von ihrem Geschmuse an der Bar, denn mein Tänzer war exzellent und wir hatten Freude am gemeinsamen Tanz. Dieser junge blonde Mann erzählte mir, dass er früher einer Tanzschule angehört hätte. Leider habe er sich damals mit einem Freund gestritten und geschlagen, wodurch der Freund stürzte und starb. Das Gericht verurteilte ihn zu einer Haftstrafe, sodass er erst kürzlich aus dem Gefängnis entlassen worden war. Wie traurig, diese Geschichte. Er schien ein sehr netter Mann zu sein.

Als das Musikprogramm in dem Lokal beendet war, verabschiedeten wir uns voneinander. Helga und ihr Freund wollten zum Fischmarkt fahren, der sehr früh am Hafen viele Menschen anlockt. Wir fuhren mit der Taxe dorthin und bummelten, wie viele andere hundert Menschen, über den lebhaften Fischmarkt mit den verschiedenen Gerüchen von gebratenem Fisch oder Würstchen, frischem Fisch, Kaffee und all den Menschen, von denen viele betrunken waren. Viele Ausrufer boten Waren feil, drückten oft die Preise, um Produkte schneller verkaufen zu können, wie zum Beispiel Bananen. Jede Menge Fisch war im Angebot, aber auch andere Waren, wie Kleidung, standen zur Auswahl bereit.

Wir tranken eine Tasse Kaffee in einer Gaststätte. Ich wurde ziemlich nervös, denn Frau Milde würde sich Sorgen um mich machen. Ich hatte recht mit der Vermutung, als ich sie von dort anrief. Sie lud uns dreien zum Frühstück in ihr Haus ein und wusste, dass ich dadurch nach Hause kommen würde.

Somit fuhren wir mit der Taxe nach Schenefeld, hatten ein leckeres und kräftiges Frühstück mit viel starkem Kaffee. Als wir gesättigt waren, verabschiedeten sich Helga und ihr Freund, und ich konnte dann ein wenig schlafen gehen.

Auch Bruno sah ich dann und wann für eine Autofahrt oder bei einem Kurzbesuch bei mir. Einmal trafen wir uns gemeinsam mit einem Mann, der auch mit uns im Krankenhaus zusammen gewesen war, in der Stadt. Dieser Herr liebte Wagner-Opern und erzählte uns begeistert von seinen neuesten Schallplatten.

Das waren freudige Lichtblicke, die mir die manchmal schwierigeren Zeiten erleichterten. Es war angenehm zu wissen, dass auch mein Arbeitgeber sich meiner Situation bewusst war und Rücksicht darauf nahm. Wenn meine Mutter nicht nach meiner Tochter sehen konnte, so gab es durch die Firma die Möglichkeit des kirchlichen Kindergartens in der Nähe der Firma, wo Martina ohne Wartezeit aufgenommen wurde. Es gefiel Martina dort sehr. Wenn Martina trotzdem krank wurde, so bekam ich ohne Schwierigkeiten unbezahlten Urlaub, um mich um sie kümmern zu können. Mein persönlicher Chef war manchmal verzweifelt, weil er sich dann immer wieder einen Ersatz als Sekretärin holen musste.

Die Aussicht auf eine Reise über den „großen Teich" erzeugte eine große innere Erregung in mir.
Von allen Seiten war mir zugeredet worden, das Angebot meiner Freundin anzunehmen. Frau Milde ging mit mir einkaufen, um in meinen neuen, beigen Koffer die entsprechenden Kleidungsstücke packen zu können. Meine Eltern versprachen, sich um Martina zu kümmern. Vier Wochen Urlaub lagen vor mir, um mich von den Aufregungen des vergangenen Jahres zu erholen.

# Die Reise geht los

Frau Milde begleitete mich zum Hamburger Flughafen, wo wir vor dem Abflug eine Tasse Kaffee
tranken. Sie machte mir ein kleines Geschenk mit
einem Kärtchen, auf dem sie mir schöne, unbeschwerte Wochen wünschte.

Es war der 19. August 1969. Um 19.20 Uhr ging es
los, mit der Lufthansa nach Frankfurt, um dort in
die Maschine der *Capitol International Airways*, die
mich in die Vereinigten Staaten von Amerika bringen sollte, umzusteigen.

Um ein Uhr morgens sollte die Reise starten,
aber es gab eine lange Wartezeit. Die Anspannung
und Aufregung ließ in mir keinerlei Müdigkeit auf-
kommen. Ich saß zwischen vielen anderen Reisenden in der Wartehalle.

Als endlich alle Passagiere ihre Plätze im Flieger
eingenommen hatten, startete der vollbesetzte,
große Vogel und ich konnte mich entspannen.

Neben mir saß eine junge Amerikanerin mit ihren
zwei kleinen Kindern; das Baby lag auf dem Schoß.
Sie sprach gut Deutsch und erklärte mir, dass sie
schon lange in Deutschland lebte und nun ihre Familie in Kalifornien besuchen wolle. Wir kamen

weiter ins Gespräch, und es ergab sich von selbst, dass ich ihr mit den Kindern half, wenn sie sich mal die Beine vertreten wollte.

Dies war mein erster längerer Flug, sodass ich immer wieder begeistert aus dem Fenster sah, vor allem, wenn die Wolken einen Blick auf die Erde zuließen.

Bevor unsere Maschine in Philadelphia für eine Zollprüfung landete, überflogen wir ein riesiges Gelände, das ein Parkplatz für Flugzeuge und Anleger für Kriegsschiffe zu sein schien. Das war ein gewaltiger Anblick, und ich fragte mich, ob sich darunter auch die Flugzeuge befanden, die Hamburg und andere deutsche Städte im Zweiten Weltkrieg bombardiert hatten.-

Alle Papiere und Gepäckstücke wurden überprüft, während wir Passagiere für lange Zeit uns selbst in der großen Empfangshalle überlassen blieben. Die Geschäfte waren geschlossen. Alles war neu für mich: die Werbeschriften – in Englisch – die englische Sprache, die ich von vorübergehenden Amerikanern erhaschte. Meine Begleiterin informierte mich über einige wichtige Dinge, die ich in meinem Englischkursus nicht erfahren hatte.

Nach einer unendlich lang erscheinenden Zeit ging es mit unserem Flug endlich weiter, unserem Reiseziel entgegen.

Wir flogen über die Rocky Mountains und die aufgerissene Wolkendecke ließ einen gigantischen Blick auf diese riesige Gebirgskette zu. Gewaltig waren die tiefen Schluchten, die langen Flüsse, die sich hindurchzogen. Ich stellte mir vor, wie waghalsig es sein müsste, auf diesen Flüssen mit einem Boot zu fahren, eingeengt durch die Felsen zu beiden Seiten. Ich erinnerte aus einigen Wildwestfilmen so manche Szene, die in dieser beeindruckenden Landschaft gefilmt worden waren.

Leider entzog sich einem der Blick dieser ehrfurchterregenden, wunderschönen Felsformationen zu schnell, doch vergessen kann ich die Eindrücke nicht.

# Ankunft

Das Flugzeug landete verspätet am Internationalen Flughafen in Oakland, San Francisco, wo meine Freundin Unna mit ihrem Mann Hans und Sohn Lesley schon eine gute Stunde warteten. Sie standen auf der Landebahn – damals war das noch möglich – und begrüßten mich herzlich. Es war herrlicher Sonnenschein und warm, in Hamburg war es regnerisch und kalt gewesen. Ich holte meinen Koffer und dann luden sie mich zu einem ausgiebigen Frühstücksbüfett im Flughafen-Restaurant ein.

Wir hatten uns viel zu erzählen, und ich war begeistert und hellwach, obwohl ich vor Aufregung auf dem Flug kaum geschlafen hatte. Wir fuhren in ihrem Auto gut eine Stunde über den Freeway nach San Jose, wo ihnen in einer großen Siedlung ein hübscher Bungalow gehörte. Auf dem Wege dorthin bewunderte ich die Pflanzen: Palmen, Bougainvilleas, riesige Agaven, Blumen und Büsche, die entlang des Highway standen.

Ich unterhielt mich auch mit dem vierjährigen Buben, Lesley, der kein Deutsch sprach, sodass ich meine spärlichen Englischkenntnisse hervorkramte, um dem kleinen Mann Rede und Antwort stehen zu können. Es fiel mir nicht leicht, denn auch die unbeschwerte Art, wie Kinder sprechen, hatte man uns im Englischkursus nicht beigebracht.

Ich bewunderte den Bungalow und den Garten von Unna. Sie hatte Büsche und bunte, einjährige Blumen gepflanzt. Im hinteren Garten standen große Walnussbäume – Reste einer großen Plantage, auf der die Siedlung entstanden war -, die Schatten verbreiteten. Es gab zwar einen hohen Zaun zwischen den Nachbarhäusern, aber nicht vor dem Haus. Alle Vordergärten waren freie Grünanlagen. Das Haus war sehr modern, elegant eingerichtet und sehr geräumig.

Mir wurde das Arbeitszimmer von Hans zugewiesen, wo ich auf einer Schlafcouch schlafen sollte. Daneben lag das Kinderzimmer. Der Junge und ich teilten uns ein Badezimmer. Das Eltern-Schlafzimmer hatte Bad und Dusche extra. Die Küche war hell und freundlich mit vielen Einbauschränken, ein langer schwerer Tisch mit Stühlen bildete die Essecke. Eine Wand trennte die Küche zum Teil vom Wohnzimmer. Da es aber keine Türen an beiden Seiten gab, ergab die Aufteilung optisch einen Raum. Eine zweiteilige Verandatür führte in den hinteren Garten. Von der Küche aus kam man in die Doppelgarage, wo sich auch Waschmaschine und der Trockner befanden. Ich staunte über die modernen Geräte.

Als ich alles besichtigt hatte, war mir heiß und ich wollte mich duschen. Ich ging in mein Zimmer, um mich umzuziehen. Als ich meine Sachen und das Gastgeschenk aus dem Koffer nehmen wollte, konnte ich ihn nicht öffnen und musste feststellen, dass es gar nicht mein Koffer war.

Hans rief den Flughafen an und meldete, dass es eine Verwechslung zweier Koffer gegeben habe. Inzwischen hatte sich der Besitzer meines Koffers auch schon gemeldet, sodass ein Austausch arrangiert wurde. Durch die Entfernung zwischen San Jose und dem Flughafen dauerte die ganze Aktion mehrere Stunden.

Unsere Gastgeber regelten den Austausch, der passiert war, weil die Dame, die ihre Familie in San Francisco besuchte, einen ganz gleichfarbigen Koffer wie ich hatte – aber auch ohne ein besonderes Kennzeichen.

Meine Freunde wunderten sich, dass ich noch so lange hellwach war, doch dann, plötzlich um 7.30 Uhr abends, war es damit vorbei. Ich fiel ins Bett und wachte erst nach zwölf Stunden wieder auf.

# Der Urlaub beginnt

Der nächste Morgen brachte, wie alle weiteren auch, das schönste Sommerwetter mit 30 Grad Celsius. Im Haus sorgte eine Klimaanlage dafür, dass die Temperatur gut geregelt war; auch nachts war es angenehm kühl. Im Garten spürte man die Wärme.

Unna war täglich bemüht, ihren Garten zu wässern. Ich spielte mit Lesley oder betätigte mich ein wenig im Haushalt. Wir hatten viel Zeit, uns zu unterhalten. Es gefiel mir sehr.

Ich ging auch mal allein spazieren. Als mir auffiel, dass die Straßen immer leer waren, wurde ich darauf aufmerksam gemacht, dass „hier keiner spazieren ginge".

Ein weiteres Problem waren die Shorts, die ich mitgebracht hatte. Keiner trug diese kurzen Shorts, wie in Deutschland: hier war „knielang" modern. Unna wollte mir ein paar von ihren leihen; leider passten sie mir nicht. So trug ich dann meinen Minirock und die Shorts nur im hinteren Garten. Mir war nicht bewusst, dass die Amerikaner so prüde waren.

## Ich muss Englisch sprechen

Unna stellte mich ihren Nachbarn vor, wo ich mich anstrengen musste, der Unterhaltung folgen zu können. Ich stotterte und hatte die meisten Vokabeln vor lauter Aufregung vergessen. Da wir Erwachsenen immer Deutsch zusammen sprachen, schlug Unna letztlich vor, auch nur Englisch mit mir zu sprechen, damit ich mich verbessern könnte. Das beschämte mich sehr, und ich wurde plötzlich sehr schweigsam. Bald sah ich aber ein, dass sie recht hatte, sodass ich mich anstrengte, Englisch zu sprechen.

Mit Lesley musste ich sowieso Englisch sprechen. Der kleine Knirps und ich hatten Spaß, wenn wir spielten oder ich ihn herumschwenkte. Dann rief er immer begeistert: „Do it again."

Auch die Ing-Form im Englischen war mir immer ein Rätsel, doch durch den Kleinen lernte ich spielend, wie man sie anwendet. Das half mir über die erste Hürde hinweg.

Unna war schwanger, aber sie fühlte sich wohl. Sie ruhte mittags, wenn auch Lesley zum Schlafen gelegt wurde, doch oft wollte er nicht ruhen. Auch abends wollte Unna früh ins Bett. Ich konnte mich aber immer beschäftigen und langweilte mich nie.

Meine Gastgeber hatten mir San Francisco zeigen wollen, doch da Hans berufstätig war und Unna noch nicht selbst Auto fuhr, gab es Einschränkungen. Wenn Unna zum Arzt musste, oder Einkaufen gehen wollte, bestellte sie eine Taxe. An Wochenenden würden sie mich herumfahren, versprachen sie mir.

Doch ich beteuerte immer wieder, dass es mir sehr gefiele, so wie es sei. Ich war so froh, dort zu sein. Auch ohne Ausflüge war es wunderschön und ich war zufrieden. Als ihr Gast hatte ich alles frei. Wie weit hätten meine 100 US Dollar, die ich hatte, gereicht, wäre ich anderswo gewesen? Ich genoss das warme Wetter und die hübsche Umgebung. Jeder Ausflug mit Unna brachte mir neue Eindrücke von ihrem Leben in Amerika und das genügte mir vollends.

# Alles ist größer, weiter

Alles war so anders. Die Weite, die Entfernungen, die riesigen Supermärkte, selbst die Arztpraxen, der Zahnarzt: alles war wesentlich moderner als in Deutschland.

Wir besuchten andere Freunde, die in einer Wohnung in einem Wohngebiet, zu dem ein Swimmingpool gehörte, lebten. Ich ging dort schwimmen. Keine andere Person war zugegen, doch mir schien es, als ob tausend Blicke aus allen Fenstern auf mich gerichtet waren. Badeanstalten gab es nicht. Bei der anhaltenden Wärme hätte ich das erwartet.

Einmal fuhren wir allerdings zu einer Anlage, die auch für Besucher offen war und einer Badeanstalt, wie ich sie kannte, ähnelte. Doch der Pool war viel zu klein für die vielen Menschen, sodass wir nicht lange dort blieben.

Meine Freunde taten viel, was zeitlich möglich war, um mir die nähere Umgebung zu zeigen. So fuhren wir mit Hans nach Feierabend in die umliegenden Parks und nahmen dort einen Imbiss zu uns. Es gab ja so viele verschiedene Möglichkeiten, auf dem Wege schnell mal etwas zum Essen zu kaufen.

Die Parks waren hübsch, doch die Erde war braun und auch die Berge waren in die Abendsonne getaucht. Normalerweise regnete es im Sommer nie in Kalifornien. Doch ich erlebte dort einen Platzregen, über den sogar die Zeitungen berichteten.

Täglich wurde der *San Francisco Chronicle* geliefert. Die aufgerollten Zeitungen wurden vom Auto aus auf den Rasen vor das Haus geworfen. Der *Chronicle* ist eine dicke Zeitung, die hauptsächlich aus Anzeigen besteht. Ich blätterte ihn durch, und ab und zu fand ich Artikel, die ich mir sogar ausschnitt. Nicht alle Texte konnte ich verstehen, doch bekam ich eine Idee des Inhalts, wenn ich mir einige Worte übersetzte.

Wenn wir zum Einkaufen fuhren, war ich immer wieder erstaunt über das riesige Angebot und die Vielfalt der Waren. Die Auswahl an exotischen und einheimischen Früchten war besonders groß. Ich genoss das leckere Obst mit großem Appetit. Schon bald hatte ich ein paar Pfunde zugenommen; ich merkte es an dem knappen Sitz meiner Kleidung.

In einem der Einkaufszentren lud Unna mich nach dem Shoppen zu einem *Banana Split*, den ich nicht kannte, ein, während wir auf Hans warteten.

Einmal gingen wir in einen Eissalon, der völlig leer war. Wir wurden sofort bedient und setzten uns an einen der vielen Tische und wurden zuvorkommend behandelt. Als eine Negerin die Eisdiele betrat, kam die Kellnerin nicht aus dem Raum hinter der Theke. Die Schwarze wartete geduldig darauf, dass auch sie bedient wird. Doch nichts rührte sich. Ich hätte nicht so gelassen gewartet und den Laden verlassen. Es dauerte eine Ewigkeit, bis die Frau endlich ihr Eis bekam. Das Verhalten der Kellnerin störte mich, weil ich es als rassistisch ansah.

Als wir wieder Zuhause waren, hatten wir über das Thema eine hitzige Diskussion, weil ich die Einstellung der weißen Amerikaner gegen ihre schwarzen Landsleute einfach nicht akzeptieren konnte. Meine Freunde versuchten, mir die Gründe für das Verhalten zu erklären und brachten Beispiele hervor, dass zum Beispiel ein Haus sofort an Wert verliere, wenn ein Nachbarhaus von einem Schwarzen gekauft würde. Viele dieser Siedlungen hätten deshalb Anweisungen, dass nicht an Schwarze verkauft werden darf.

Das Recht auf Gleichheit aller Amerikaner war im Grundgesetz verankert: Die Realität war davon weit entfernt.

# Eine Party

Hans hatte am 28. August Geburtstag und plante eine Dinner-Party für Freitag, den 29. August, die sie auch meinetwegen veranstalten wollten. Es wurden zwei Ehepaare eingeladen. Unna wollte Gulasch anbieten, sodass sie sich das beste Fleisch von einem Schlachter zuschneiden ließ. Ich erinnere nicht mehr, welche anderen Zutaten sie nahm, doch alles war delikat und perfekt.

Für den Nachtisch hatte ich eine Quarkspeise vorgeschlagen, die lecker ist und zu der man beliebig Frucht geben konnte. Doch es gab keinen Quark, es gab nur körnigen Hüttenkäse. Ich wollte es damit versuchen, was mir misslang. Das war eine Pleite. Unna sprang ein und bereitete einen anderen Nachtisch zu.

Am Tag der Party waren wir alle mit den Vorbereitungen sehr beschäftigt. Um acht Uhr abends war der Tisch festlich gedeckt und das Essen stand bereit. Die Gäste kamen und Hans sorgte für die Getränke.

Mir wurden natürlich viele Fragen gestellt über die Arbeitsmöglichkeiten in Deutschland, über soziale Gesetze, die uns solche langen Ferien ermöglichten, denn in Amerika hatte man nur zwei Wochen Urlaub im Jahr. Es fiel mir schwer, mich auszudrücken, doch Unna und Hans waren immer zur Stelle und konnten helfen. Mit ein, zwei Drinks floss die Sprache auch bei mir besser, und ich verlor meine Hemmungen. Ich hatte viel Spaß und manch nette Unterhaltung auf dieser Party.

Als die Gäste zu fortgeschrittener Stunde gegangen waren, zog sich Unna zurück, weil sie sehr müde war. Hans und ich räumten auf und sorgten dafür, dass alles wieder seine Ordnung hatte.

Ich hatte mir ohnehin angewöhnt, zu helfen, wo immer es erforderlich war. Ich wollte mich beschäftigen, weil ich nicht gewöhnt war, herumzusitzen. Unna nahm meine Hilfe gern an. Es gab ihr Zeit, sich um ihre Blumen zu kümmern oder sich auszuruhen.

Unna hatte sich angewöhnt, Hans und mich abends allein zu lassen, um früh ins Bett zu gehen. Es war aber für uns zu früh. So unterhielten wir uns ein wenig, manchmal bei einem Gläschen Wein.

So war es auch nach der Party gewesen. Nach dem Aufräumen und Abwaschen tranken wir beide noch ein Gläschen Wein und unterhielten uns über den Verlauf der Party. Doch dann hatte ich das Gefühl, dass ich gehen sollte. Ich entschuldigte mich und sagte, auch ich sei müde, rief ihm *„Good night"* zu und verschwand in meinem Zimmer.

# Ein Gefühl, eine Ahnung

Sehr bald nach meiner Ankunft war mir schon auf-
gefallen, dass Hans unter Schlaflosigkeit litt und
nachts auf dem Korridor auf und ab ging.

Ich bemerkte, wie aufmerksam und fürsorglich
er mir gegenüber war; das beunruhigte mich. Mein
Instinkt sagte mir, dass vielleicht mehr hinter seinen
oft mürrischen Stimmungen lag, die er manchmal
zeigte.

Unna schien das überhaupt nicht zu stören: sie
konzentrierte sich voll und ganz auf ihre Schwan-
gerschaft.

Gewiss brauchte er mehr Zeit für sich, um für die
Schule zu arbeiten, die er zweimal die Woche in San
Francisco besuchte. Durch meinen Besuch verlor er
viel Zeit, auch wohnte ich in seinem Arbeitszimmer.

Ich war sehr achtsam, um nicht die Ursache für
Unruhe zu werden.

## So viel Neues! Solche wunderschöne Stadt!

An einem Abend in der Woche fuhren wir nach San Francisco. Wir wollten durch China Town bummeln. Auch sollte ich die Stadt bei Nacht sehen.

Wir parkten das Auto und wanderten durch die Straßen. Wolkenkratzer links und rechts der Straßenzüge. Dichter Nebel versperrte die Sicht auf die letzten Stockwerke. Es war trotzdem ein gigantisches Gefühl, vor diesen riesigen Gebäuden zu stehen.

Die Straßen waren belebt und wir erreichten bald China Town, das durch einen chinesischen Torbogen gekennzeichnet ist. Wir schlenderten durch die schmalen Straßen, vorbei an Geschäften und Restaurants. Ich kaufte ein paar kleine Souvenirs.

Bevor wir heimfuhren, aßen wir ein chinesisches Gericht, wo ich auch meine ersten Glückskekse bekam.

# San Francisco von der schönsten Seite

Am ersten Samstag nach meiner Ankunft wollten wir früh losfahren. Als ich morgens in die Küche kam, sah ich Hans Butterbrote zubereiten und andere Leckereien, die zum Picknick gehören, in einer Kühltasche verstauen. Er brachte alles ins Auto.

Danach begann er, Pfannkuchen zu backen. Ich sollte kennenlernen, wie man sie in USA isst, nämlich mit *Maplesyrup* und gespritzter Schlagsahne aus der Dose. Sie schmeckten mir vorzüglich.

Nach dem Frühstück fuhren wir in Richtung San Francisco und über die *Bay Bridge*. Der erste Stopp war in einem Park mit See in Marina mit Blick auf den Palast für Kunstwerke. Schwäne und Enten schwammen auf dem See und wurden gefüttert; eine hübsche grüne Oase in der großen Stadt.

Es ging weiter zum *Cliff House*, das in *Sutro Heights* auf dem Kliff direkt am Ozean liegt. Nebel hing tief über dem Wasser bis hinauf zum Haus. Es waren viele Leute gekommen, um die weite Sicht über die Bucht zu genießen. San Francisco ist für seinen Nebel bekannt.

Manch einer tröstete sich mit einem Hotdog. Auch ich bekam einen: ein Würstchen im Brötchen.

Wir lehnten uns an die Reling, atmeten die frische Seeluft mit tiefen Zügen ein.

Der nächste Stopp war am *Telegraph Hill* und *Coit Tower*. Von dort aus war der Nebel noch zu sehen, der über der Bucht hing, sich langsam mit der Tageswärme verzog. Es war ein herrlich weiter Blick über die Stadt. Vom *Coit Tower* selbst sah ich den Ozean mit der kleinen Insel, auf der sich das Gefängnis Alcatraz befindet. Diese Erhöhung ist ein hübsches Fleckchen Erde, auf dem noch vor 100 Jahren Ziegen grasten, bis dieser windige Hügel, wie er anfangs genannt wurde, zu wichtigeren Zwecken genutzt wurde. Dieser Turm wurde gebaut, um Nachrichten übermitteln zu können.

Zum Abschluss dieses Ausflugs hätten wir gern noch den Botanischen Garten besucht. Wir fuhren mehrere Male um den Park herum, ohne jedoch einen Parkplatz zu finden. Unna war enttäuscht, denn sie liebt Pflanzen über alles. Ich beruhigte sie, dass ich wunschlos glücklich sei.

So fuhren wir dann zurück nach San Jose, eine Autofahrt von einer guten Stunde auf einem vierspurigen Highway.

# Wie in einem Wildwestfilm

Am Abend fuhren wir oft in der näheren Umgebung herum, gingen auch für einen Imbiss in eine dieser Ess-Attraktionen: Pizza bei *Shakey's*, das von den Nachbarn gelobt wurde für seine gute Atmosphäre. Zurecht; das Restaurant ähnelte einer Blockhütte von außen, drinnen gab es lange, hölzerne Tische mit einfachen Bänken zu beiden Seiten. Beim Eintritt konnte man die Backstuben durchs Fenster sehen und auch zuschauen, wie die Pizzas zubereitet wurden.

Am oberen Ende des Raumes stand ein Pianola, das flotte Schlager spielte, die weltbekannt waren.

Es gab eine vielseitige Auswahl an Pizzabelägen, aus denen man wählen konnte; es gab sogar bayrisches Bier dazu. Im *Shakey's* aß ich die erste Pizza meines Lebens; sie schmeckte mir ausgezeichnet. Wir tranken braunes Bier dazu und verlebten eine sehr gemütliche Stunde dort - inmitten der anderen Gäste.

# Nochmals einen Ausflug in die Stadt

Am nächsten Wochenende fuhren wir nochmals nach San Francisco, um weitere Sehenswürdigkeiten zu besichtigen. Wir fuhren die hügeligen Straßen hinauf und hinunter bis zum *Twin Peaks*, von dem aus man einen herrlichen Blick über die ganze Stadt hat.

Eine indianische Legende berichtet, dass es sich ursprünglich um einen Berg gehandelt habe, der jedoch vom Großen Spirit eines Tages vom Blitz in zwei Teile gespalten wurde, weil das Ehepaar so streitsüchtig war. Seitdem gibt es zwei Bergspitzen, nämlich die *Twin Peaks*, die dem Maklerboom nicht zum Opfer fielen, weil sie zum Allgemeingut gehören. Dieser Ausblick ist den Einheimischen und Touristen erhalten geblieben.

Tief unten im Tal sieht man die sich weit erstreckende Stadt mit ihren Hochhäusern und die Straßen, die sich wie mit einem Lineal gezogen durch das Häusermeer ziehen. Andere Straßen sind recht kurvenreich, wie z.B. die malerisch angelegte *Lombard Street*, der Zubringer zur Golden Gate, die wie eine Schlange den *Russian Hill* hinunterführt, und für Autos einer Slalomfahrt auf Skiern gleich zu kommen scheint. Entlang der Straße sind Terrassen und Treppen mit vielen bunten Blumenbeeten angelegt.

Von den *Twin Peaks* konnten wir selbst aus der Entfernung diese markante Straße erkennen. Wir fuhren sie aber nicht hinunter. Ich hatte das Gefühl, *„on top of the world"* zu stehen, weil dieser Weitblick die Größe der Stadt vermittelt, sodass ich mir klein wie ein Sandkorn im All vorkam. Es wehte dort ein kühler Wind. Wie mag Gott empfinden, wenn er auf uns Menschlein hinabschaut?

Auf *Fisherman's Wharf* schauten wir uns das alte Fabrikgelände, das Ghirardelli, an, aus dem Geschäfte und Restaurants entstanden waren. Es gab viele Juweliere, die aus lokalen Fängen in der San Francisco Bay, wie der Abalone Muschel, Armbänder, Halsketten und Ringe kreativ in Schmuck verwandelt hatten. Eine halbe Abalone Muschel, ein Ring und ein Armband erinnern mich heute noch an diesen Besuch.

Da sich meine Gastgeber so liebevoll und aufmerksam um mich bemühten, hatte ich schon mehrmals gefragt, ob ich sie nicht auch mal einladen dürfte. Unna antwortete immer, dass das zu teuer für mich sei und ich sollte mir darüber keine Gedanken machen. Ich hatte schon bemerkt, dass der Preisunterschied vom Dollar zur D-Mark 1:4 betrug und für mich eine große Hürde war. Ich ließ es mir jedoch nicht nehmen, sie auf *Fisherman's Wharf* zu einem einfachen, italienischen Essen einzuladen.

In San Francisco hätte ich wochenlang immer wieder Neues entdecken können. Über die Bay Bridge fuhren wir mehrere Male, doch über die *Golden Gate Bridge* nicht, weil sie in den Norden führt, wohin wir nicht fahren konnten. Lange Fahrten wurden zu anstrengend für Unna, sodass sie Hans bat, mich allein mit Lesley zu dem *Redwood Forest* und der dortigen Lokomotive für Touristen zu fahren.

# Redwood Forest und Wilder Westen für Touristen

Es war ein wunderschönes Erlebnis, diese riesigen Bäume zu sehen. Die Bäume schienen höher zu sein als die Wolkenkratzer in San Francisco. Der Boden war weich, die Luft kühl und unsere Stimmen schienen in diesem Wald zu verhallen.

Inmitten des Parks konnte man eine Eisenbahn mit offenen Personenwagen besteigen und sich durch den Wald fahren lassen. Es war ein lebhaftes, buntes Treiben auf dem kleinen Bahnhof, der im alten Stil hergerichtet war, so wie ich es in Wildwestfilmen gesehen hatte. Offensichtlich wollte man den Eindruck erwecken, dass man sich in einem Jahrhundert zuvor befand. Fahrkarten mussten an einem Schalter gekauft werden, der sich in einem Stationshäuschen befand, das zu jener Zeit die Bleibe des Mannes gewesen war, der für Ordnung und Kommunikation auf dem Bahnhof sorgte.

Es war nicht schwer, sich in die Tradition und Gewohnheiten jener Zeit zurückzuversetzen. Doch die Touristen von heute trugen weder Häubchen noch lange Kleider und die Männer keine Hüte und Überrock.

Als alle Fahrgäste eingestiegen waren, pfiff der Bahnvorsteher und ab ging es. Lesley hatte auch Spaß. Ich wunderte mich über einige Frauen, die mit Lockenwicklern in den Haaren auf diesen Ausflug gekommen waren. Sie trugen darüber eine Art Haube und es schien sie überhaupt nicht zu stören.

Etwas abseits vom Bahnhof stand ein Cowboy, der auf einem Wagen mit vorgespanntem Pferd saß und zum Mitfahren einlud. Hans kaufte auch dafür Tickets, sodass Lesley und ich eine Runde drehen konnten.

Danach traten wir die lange Fahrt zurück an, die über enge, verkehrsreiche Straßen führte, sodass wir nicht gut vorankamen.

Plötzlich begann Hans, meine Hände zu streicheln. Ich spürte ein prickelndes Gefühl. Ganz wohl war mir nicht in meiner Haut, weil Lesley hinter mir in seinem Kindersitz saß. Aber sehen konnte er nichts. Später wurde er müde und schlief ein wenig.

Hans und ich sprachen nicht über den Vorfall. Er testete mich, wie ich reagierte und merkte, dass ich ihm das Streicheln nicht verwehrte. In jenem Moment hätte ich meine Hand noch zurückziehen können, um weitere Entwicklungen zu unterbinden. Aber es gefiel mir und ich wollte nicht, dass er damit aufhörte.

Wir behielten beide unsere Gefühle für uns. Doch dies bestätigte mir, was ich schon von Beginn meines Besuches an gespürt hatte, dass er ein Auge auf mich geworfen hatte. Mit meinem Verhalten hatte ich mich auf Glatteis begeben.

# Fahrt nach Carmel

An einem weiteren Wochenendtag fuhren wir an der Westküste entlang nach Carmel. Das war eine besonders schöne Fahrt. Die Westküste ist felsig und auf manchen Klippen lagen Seelöwen. Das blaue Wasser lud zum Baden ein, doch keiner von uns ging schwimmen. Wir hatten ein Picknick direkt am Wasser und das war ein Platz, an dem ich gern länger geblieben wäre. Da dies eine weite Fahrt von San Jose war, konnten wir nur kurz anhalten, schauen und fotografieren. Carmel ist ein entzückendes kleines Städtchen, das mehr einem europäischen Ort ähnelt mit den kleinen, einstöckigen Häusern entlang der mit Bäumen bepflanzten Alleen. Keine Wolkenkratzer! Direkt am Meer mit Badestrand.

Mir fielen viele Schwarze auf im Wasser, die sich der Wellen erfreuten. Es gab keine Dünen, nur einen flachen Sandstrand, der weit hinaus zum Meer führte. Vielleicht hatten wir Ebbe?

Auf dem Rückweg waren die Straßen belebt. Es hatte sich eine lange Autoschlange gebildet. Unna sehnte sich nach Ruhe, und wir waren alle froh, als wir die lange Fahrt hinter uns hatten.

# Allein in San Francisco

Da Hans an zwei Abenden in der Woche zu einem Fortbildungskursus nach San Francisco fuhr, schlug Unna vor, dass er mich einmal mitnehmen sollte, damit ich allein ein paar Stunden in San Francisco herumlaufen könne.

Er setzte mich vor seiner Schule, nicht weit vom Zentrum entfernt, ab. Ich hatte zwei Stunden Zeit.

Ich fuhr mit der Cablecar bis *Fisherman's Wharf* und von dort wieder zurück. Danach ging ich zu Woolworth und kaufte eine Schallplatte von Johnny Cash für meinen Vater.

Viel zu schnell vergingen die zwei Stunden, und ich stellte mich wartend vor die Schule.

Hans lud mich dann in eine Bar zu einem Cocktail ein. Wir setzten uns an einen der kleinen Tische. Diese Art von Bar kannte ich nicht. Durch die gepolsterten Bänke und Teppiche war der Raum in Nischen aufgeteilt, doch jeder hatte trotzdem Aussicht über alles, was vor sich ging. Es war sehr gemütlich. Ich schaute mich interessiert um und beobachtete die Leute.

Auf einer kleinen Bühne stand ein Klavier, an dem eine Frau saß und spielte. Sie sang bekannte Schlager, viele Leute standen um das Klavier herum und sangen mit. Ich kannte auch viele der Lieder und hätte wohl gern mitgesungen. Die Stimmung der Sänger war ansteckend. Doch ich war verlegen.

Ich fragte Hans nach seinem Kursus aus, worüber er mir bereitwillig Auskunft gab. Er fragte mich, was ich so in den zwei Stunden gemacht habe. Wir sprachen über Dinge, die gar nicht wichtig waren, denn unsere Gedanken waren ganz woanders. Ich konnte meine Verlegenheit nicht abschütteln. Er zögerte und wusste wohl nicht, wie er in Worte fassen sollte, was ihm auf dem Herzen lag. Nach einer halben Stunde fuhren wir heim.

Auf der Rückfahrt bat er mich, näher zu ihm zu rücken. Er streichelte meinen Arm, was mir durch und durch ging. Ich wusste nicht, wie ich mich verhalten sollte, aber ich verwehrte ihm das Streicheln nicht. Wir sprachen wenig. Es brauchte keine Worte. Wir wussten beide, dass wir uns in einander verliebt hatten. Ich lehnte mich an ihn, und er legte den Arm um meine Schulter, wenn es das Fahren erlaubte.

Ich hätte das Gefühl noch lange ausgehalten, aber sehr bald waren wir Zuhause angelangt. Unna begrüßte uns. Ich erzählte, wie sehr mir der Ausflug gefallen hätte, allein durch die Stadt zu wandern und die kleine Bar zu besuchen. Wir hörten Jonny Cash. Der Abend verlief wie üblich. Es war spät und nach einem kleinen Imbiss verabschiedete ich mich und zog mich in mein Zimmer zurück.

Ich war mir meiner Selbst nicht mehr sicher und wusste, ich musste sehr vorsichtig sein, um meine Gefühle für Hans nicht zu verraten. Es durfte zwischen uns nicht weitergehen, denn Unna war meine beste Freundin, der ich nicht wehtun wollte. So beschloss ich, mich künftig äußerst korrekt zu verhalten und jedem Annäherungsversuch von Hans aus dem Wege zu gehen und nicht mehr mit ihm allein zu sein.

# Der Urlaub geht zu Ende

Mir hatte das warme Klima in Kalifornien sehr gefallen. Der Himmel war immer blau, die Sonne
schien, die Luft hatte eine Temperatur zwischen 30
und 35 Grad Celsius. Hübsch die gepflegten Gärten
um die Häuser herum mit den vielen schattenspen-
denden Walnussbäumen, von denen man frische
Früchte ernten konnte. Allerdings war jemand, der
kein Auto fuhr, ans Haus gebunden, denn nirgends
sah ich Bushaltestellen.

Unna kannte einige Leute in der Nachbarschaft, mit
denen sie sich manchmal unterhielt, aber viele Be-
wohner waren berufstätig und tagsüber nicht zu
Hause. Einige Mütter mit Kindern waren wie Unna
zuhause, sodass Lesley Spielkameraden hatte. Die
Kinder liefen über die freien Rasenflächen zu ihren
Freunden.

Unter den Bäumen saßen die Kleinen oft mit ihrem schwer erkämpften *Popsigle*, einem Wassereis
am Stiel. Lesley quälte seine Mutter sehr oft, er
wolle ein Eis, aber sie erlaubte ihm nur ab und zu
eines. Es konnte dann passieren, dass er sehr zornig
wurde und schimpfte, weil die Nachbarkinder ein
Eis hatten und er nicht. Unna hatte ihre eigene Art,
um dessen Herr zu werden. Manchmal bedeutete es

auch, dass er für eine Weile in sein Zimmer gehen musste. Wenn er aber sehr trotzig wurde und anfing, seine Mutter anzugreifen, dann holte sie einen kleinen Stock aus einer Ecke und gab ihm damit einen Hieb auf den Po. Dann schrie er zwar laut vor Empörung, musste aber wieder in sein Zimmer gehen. Wenn er sich beruhigt hatte, kam er heraus und entschuldigte sich auf kindliche Weise. Seine Mami vergab ihm, und er durfte wieder spielen gehen, bekam aber trotzdem kein Eis.

Kurz vor meiner Abreise erreichte mich ein Brief von Frau Milde aus Hamburg mit der Mitteilung, dass eine Kur für mich bewilligt worden war, die ich einige Tage nach meiner Rückkehr antreten sollte. Durch die Aufregungen der letzten Jahre hatten sich einige Gesundheitsschäden bei mir eingestellt, die dringende Behandlung benötigten, weil sie mit Tabletten allein nicht zu heilen waren. Mein Blutdruck war zu niedrig, sodass man mir jetzt diese Kur genehmigt hatte.

Hier in San Francisco fühlte ich mich sehr wohl, hatte keine Anzeichen verspürt, was ich der Ruhe, der guten Pflege und vor allem dem warmen Wetter zuschrieb.

Meine schöne Zeit in Kalifornien ging zu Ende. Ich mochte nicht daran denken. Unna und Hans luden mich ein paar Tage vor meinem Abflug in San Jose zum Dinner ein. Es konnte dort auch getanzt werden, sodass ich mein Cocktailkleid anzog. Auch Unna hatte einen eleganten Umstandsanzug an. Lesley blieb mit einem Babysitter zu Hause.

Es war ein griechisches Lokal, typisch dekoriert, aber die Tische waren gedeckt in schlichter, eleganter amerikanischer Weise mit Wasserkaraffe und Gläsern. Ich erinnere nicht, welches Gericht gewählt wurde, doch ich genoss die festliche Stimmung. Nach dem Essen setzten wir uns in einen gartenähnlichen Raum, in dem eine Kapelle aufspielte. Hans tanzte mit seiner Frau, dann auch mit mir.

Ein Musiker kam auch an unseren Tisch. Es waren sehr gemütliche Stunden, die wir dort verlebten.

Zuhause zog Unna sich sofort zurück, weil sie sehr müde war. Hans lud mich zu einem *„night cap"* ein, wie er es so oft zuvor getan hatte. Ein Gläschen Weißwein, das wir stehend an der Küchentheke oder sitzend im Wohnzimmer während eines angeregten Gesprächs zu uns genommen hatten. Ich wagte mich ein wenig ans englische Sprechen, fiel aber sehr leicht wieder ins Deutsch, weil mir die notwendigen Vokabeln fehlten. Einige Redewendungen hatte ich mir allerdings inzwischen gemerkt.

Worüber sprachen wir? Über Banales meistens, weil ich immer noch sehr scheu und vorsichtig war. Hans hänselte mich, um mich herauszufordern. Ein Gläschen Wein tat das: es lockerte mich und meine Zunge.

An jenem Tage sprachen wir über das Ende meines Urlaubs, und ich war voll des Lobes für diese wunderschöne Zeit bei ihnen, und meine fürsorglichen Gastgeber. Scherzhaft meinte ich, ich wäre traurig, das warme Klima hinter mir lassen zu müssen.

Hans berührte meinen Arm, was mich irritierte. Ich war verwirrt, als er mich in den Arm nahm und küsste. Ich war zu erschrocken, um es genießen zu können und dachte an Unna. Er war gelassen und meinte, sie schlafe schon lange. Trotzdem konnte ich kein Vergnügen darin finden, weiterhin mit ihm zusammen zu sein, sodass ich mich zurückzog.

Wie konnte mir das passieren, dass ich mich in einen verheirateten Mann verliebe, der obendrein noch zu meiner besten Freundin gehörte. Wie konnte ich dies mit meinen moralischen Vorsätzen von Treue und Untreue vereinbaren? Schuldgefühle quälten mich. Hätte es nicht ein anderer, ein ungebundener Mann sein können, der mich mag?

Am Tag darauf fuhren mich Unna, Hans und Lesley zurück zum Flughafen. Auf dem Weg wurden wir von einem Auto gerammt, sodass die Polizei den Vorfall notieren musste. Ganz von nahem sah ich den Polizisten, der den metallenen Stern auf seiner Jacke trug, der in seiner braunen Uniform mit Hut dem ähnelte, wie er oft in Filmen gezeigt wird. Die Jacke seiner Uniform hatte halbe Ärmel wegen des warmen Wetters. Hans schaute oft nervös auf seine Uhr und hatte auch den Ranger informiert, dass ich ein Flugzeug erreichen müsste, sodass das Formelle zügig erledigt wurde.

Am Flughafen waren die Formalitäten schnell abgewickelt und dieses Mal gab es keine Verspätung. Wir verabschiedeten uns herzlich und dann war es Zeit, das auf der Landebahn stehende Flugzeug zu besteigen. Ein letztes Winken und damit verließ ich ein sonniges Land und den Mann, in den ich mich verliebt hatte. Es würde gut sein, dass uns viele tausend Kilometer trennten, damit sich aus diesem Flämmchen kein unlöschbares Feuer entwickeln konnte.

# Nach Hause ...

Auch der Rückflug war angenehm, weil meine nette Nachbarin mit den zwei Kindern wieder neben mir saß. Wir hatten uns viel zu erzählen und tauschten unsere Adressen aus, weil wir uns schreiben wollten. In Frankfurt trennten sich unsere Wege, weil ich einen Anschlussflug nach Hamburg nahm. In Hamburg wurde ich von Herrn Heene und Frau Milde abgeholt. Zuhause angekommen, tranken wir ein Gläschen Sekt und ich musste ausführlich über meinen Urlaub berichten.

Am Tag darauf rief ich meinen Arbeitgeber an und stimmte ab, dass mir eine Kur genehmigt worden war, die ich nach Ende meiner Ferien gleich antreten solle. Die Firma war ebenfalls informiert worden, sodass es mir nun überlassen blieb, die Sommersachen aus dem Ferienkoffer mit Herbstkleidung für vier Wochen in Hofheim zu tauschen.

Dann besuchte ich meine Eltern, bei denen sich meine Tochter aufhielt. Auch ihnen erzählte ich ausführlich von meiner Reise und den großartigen Eindrücken, die ich mit nach Hause gebracht hatte. Dann veranlasste ich alles Notwendige für meine Tochter und erledigte wichtige finanzielle Dinge.

Ich kam kaum zum Luftholen, schon gar nicht viel zum Nachdenken, weil so vieles erledigt werden musste. Als ich aber abends im Bett lag, konnte ich ein wenig träumen von der warmen Sonne, dem herrlich blauen Himmel, von San Francisco und von dem Mann, der dort wohnt, denn in Hamburg war es kühl und regnerisch.

# Zur Kur in Hofheim ...

Ein paar Tage später ging es mit dem Zug wieder in Richtung Frankfurt; ich stieg in Hofheim aus, wo sich die Kurklinik befand. Ein nettes kleines Städtchen im Mittelgebirge, das von viel Wald umgeben ist, dachte ich, und freute mich auf die vielen Wochen, in denen ich auf Spaziergängen mit anderen Kurgästen die Wälder durchwandern würde.

Mein Zimmer musste ich mit einer anderen Dame teilen. Marianne und ich verstanden uns sofort sehr gut und wurden gute Freundinnen. Marianne kam aus Gelsenkirchen und war Krankenschwester. Sie zeigte mir, wie man sich mit dem Handtuch zur selben Zeit an zwei Seiten abtrocknet. Sie hatte das so zu praktizieren, wenn sie Kranke pflegte. Sie war auch sonst sehr praktisch veranlagt und sehr ordentlich, genauso wie ich es auch liebte. Wir konnten uns gegenseitig vertrauen, sodass wir auch unser Geld nicht voreinander zu verstecken brauchten.

Als ich meine Sachen ausgepackt hatte, war Essenszeit, zu der wir in einen großen Speisesaal gebeten wurden. Jeder hatte seinen festen Platz.

Nach der ersten Mahlzeit wurde ich zur Besprechung ins Büro gebeten. Man gab mir meine Anweisungen für die täglichen Anwendungen zu den verschiedenen Zeiten, die ich einzuhalten hatte. Außerdem sollte ich jeden Morgen an der Gymnastik teilnehmen und musste täglich eine bestimmte Zeit wandern. Anschließend sollte ich zum Arzt gehen.

Bevor ich gehen wollte, überreichte mir die Büroangestellte einen Brief, der für mich aus Amerika eingetroffen war. Ich war überrascht. Wer hätte mir schon jetzt geschrieben? Der Brief war von Hans!

Der Arzt untersuchte mich gründlich und meinte, ich sei völlig gesund. Mein Blutdruck sei normal und ich sähe blendend aus. Ich sagte ihm daraufhin, dass ich gerade von einem Urlaub im sonnigen Kalifornien zurückkäme, wo es mir sehr gut gefallen hätte, vor allem das sonnige Wetter. Er meinte: „Das Wetter und die Sonne haben Sie geheilt."

Erst danach konnte ich auf dem Zimmer in Ruhe Hans' Brief lesen. Es war eine Liebeserklärung, und er äußerte den Wunsch, mich unbedingt wiedersehen zu müssen. Er hatte seine Büroadresse angegeben, an die ich meine Antwort richten sollte.

Wie sollte es möglich werden, dass wir uns wiedersehen könnten? Unna erwartete ihr zweites Baby nun sehr bald, sodass ich glaubte, alles würde sich schon irgendwie klären in den nächsten Wochen, wenn er sich beruhigt hätte. In diesem Sinne beantwortete ich seinen Brief.

Ich musste mich jetzt auf die Disziplinen dort in der Klinik konzentrieren, die jeder einzuhalten hatte. Marianne und ich schlossen Freundschaft mit anderen im Saal, oder trafen welche auf Wanderungen, sodass sich kleine Gruppen bildeten. Mit diesen Gruppen schauten wir uns die Umgebung an, gingen aber auch mal in ein Café oder eine Gaststätte, was uns nicht verboten war. Um zehn Uhr abends war Bettruhe, die wir alle einhielten. Auch mittags sollten wir ruhen, was wir oft taten.

Manchmal wurde es sehr lustig in unserer Gruppe. Da gab es eine Diskothek, die wir besuchten und dort ausgelassen tanzten. Nach der Musik von Schallplatten, die der junge Mann in seiner Schallplatten-Bar auflegte. Manchmal konnten wir auch Wünsche äußern. Wir tranken mal ein Bier oder ein Glas Wein, auch mal Coca-Cola mit einem Schuss Rum. Es handelte sich immer nur um gute zwei Stunden, weil dann unsere Ausgehzeit vorbei war.

Später fanden wir auch eine Gaststätte, die einem Jugoslawen gehörte. Dort gab es leckere Gulaschsuppen, die sehr scharf gewürzt waren, und einen guten Wein. Dort kehrten wir gern ein nach einem Spaziergang, den wir nach der Mittagsruhe gemacht hatten. Es war Herbst und schon oft kalt, windig und regnerisch, sodass wir uns dort aufwärmten. In dieser Gaststätte war es gemütlich.

Wir kauften auch Ansichtskarten, die wir an Familie und Freunde schrieben.

An anderen Tagen gingen Marianne und ich allein auf unsere Wanderungen durch den wunderhübschen Wald, der uns durch leichte Steigungen trainierte. Wir hatten uns immer viel zu erzählen. Erich, einer der neuen Freunde, hatte ein Auto und fuhr hin und wieder nach Hause. Einmal lud er ein paar aus unserer Gruppe zu sich ein. Seine Frau zauberte eine festliche Kaffeetafel. Er fuhr auch mit uns zu verschiedenen Sehenswürdigkeiten in der Umgebung, zu einer Burg, die an einem steilen Hang stand. Das waren sehr nette Fahrten und schöne Unterhaltungen. Wir waren aber immer brav und rechtzeitig bei den Anwendungen und machten die morgendliche Gymnastik mit.

Vom Arzt wurde mir noch empfohlen, Autogenes Training in mein tägliches Tagespensum meiner Gymnastik, aufzunehmen. Das übte ich täglich.

Diese Wochen waren lebhaft und froh, doch alle paar Tage kam ein weiterer Brief von Hans. Es kam auch die Nachricht, dass Unna einen zweiten Sohn bekommen hatte, bei dessen Geburt Hans zugegen war. Es wunderte mich deshalb, weshalb er mich immer noch treffen wollte.

Ich war völlig verwirrt durch den Ansturm an Gefühlen, die mich in diesen Briefen bedrängten, nachzugeben, einzuwilligen, ihn an einem neutralen Ort zu treffen. Obwohl ich mir bewusst war, dass er meine Gefühle mit seinem Kuss geweckt hatte, fühlte ich mich Unna gegenüber schuldig. Ich hatte gefühlsmäßiges Neuland betreten. Von meinem Beruf als Anwaltsgehilfin her wusste ich, was Ehebruch für emotionalen und materiellen Schaden verursachen kann. Scheidung war ein rotes Tuch für mich gewesen, und trotzdem war ich eine geschiedene Frau. Manchmal kommt es eben anders als man es geplant hat. Sollte ich nun zur Ehebrecherin werden?

Ich lehnte es weiterhin ab, Hans irgendwo zu treffen. Daraufhin kam ein Brief, dass er mich in Hamburg aufsuchen würde. Das wollte ich auf gar keinen Fall, denn in den engen Räumen, in denen ich als Untermieterin wohnte, konnte ich keinen Liebhaber empfangen. Somit willigte ich endlich ein, ihn in Spanien zu treffen. Ein paar Tage später erreichte mich eine Geldsendung von 3000 DM im Büro der Kurklinik, was mich sehr beschämte, weil es mir dort bar ausgezahlt wurde. Gut, dass niemand ahnte, wofür das Geld bestimmt war.

Hans buchte einen Urlaub in Málaga für 14 Tage, die ich noch nach meiner Kur hatte, von der mir aber nur 11 Tage blieben, weil ich erst zurück nach Hamburg fahren würde, um den Koffer wieder mit sommerlicher Kleidung zu bestücken, denn in Spanien war es im November noch milde. Es waren auch noch andere Besorgungen zu machen, bis ich im Flugzeug sitzen würde, von Hamburg über Frankfurt nach Málaga.

So ging dieser Aufenthalt in der Kurklinik mit vielen Aufregungen zu Ende.

Ich war froh, dort ein paar Freunde gefunden zu haben, mit denen ich über diese Situation sprechen konnte, weil ich oft hin- und hergerissen war. Trotz allem hatte ich eine lustige, abwechslungsreiche Zeit und sogar einige Freundschaften fürs Leben gewonnen.

Zurück in Hamburg: Besuch bei den Eltern und meiner Tochter, schnelle Einkäufe, Flug gebucht, finanzielle Dinge erledigt, Koffer umgepackt und abgereist.

# Reise ins Glück?

Dann saß ich wieder im Flugzeug, meine dritte Flugreise, und konnte mir Gedanken darüber machen, was wohl auf mich zukommen würde. Wieder fühlte ich mich wie gelähmt, weiter als an den Moment zu denken. War es Angst vor dem bevorstehenden Treffen? Waren es Schuldgefühle, die mich quälten? War es Anspannung, Freude? Nein, Freude war es nicht. Ich war völlig in mich gekehrt, schaute hinaus, hörte Leute, die Spanisch und Englisch sprachen. Je näher ich dem Ziel kam, umso mehr steigerte sich meine innere Erregtheit, sodass ich dem Zittern nahe war.

Das Flugzeug landete. Die Luken wurden geöffnet. Die Stewardess wünschte einen guten Aufenthalt. Ich erreichte die Empfangshalle, und dort stand er.

Ich erkannte Hans sofort an seinem Tirolerhut mit Feder. Mit dem Hut verdeckte er seine kahlen Stellen auf dem Kopf. Hans war nur wenige Zentimeter größer als ich und achtete auf sein Äußeres, das er stets in bester Verpackung der Außenwelt vorführte. Er war elegant gekleidet, trug einen gut sitzenden Anzug.

Er kam auf mich zu und nahm mich in den Arm. Wir standen stumm für eine Weile da. Dann gingen wir gemeinsam zum Fließband, um meinen Koffer zu holen. Mit dem Koffer bestiegen wir ein Taxi und fuhren zum Hotel. Ich lehnte mich an ihn. Er hielt meine Hand. Wir sprachen nicht viel, weil wir uns so viel zu sagen hatten, aber nicht wagten, es auszusprechen.

Wir brachten den Koffer und meinen Wintermantel ins Hotelzimmer, denn es war warm, und wir verließen es gleich wieder, um einen Imbiss zu uns zu nehmen. Im Hotel gab es zu dieser Zeit keinen solchen Service. Wir fanden ein nettes Café, das uns das Gewünschte bot.

Nach den allgemeinen Fragen über Dinge, die wir Zuhause erlebt hatten, kamen wir auf unsere Situation zu sprechen. Wir schauten uns an, hielten uns an den Händen, lehnten uns aneinander und freuten uns, endlich zusammen zu sein. Wir wollten das Beste aus dem machen, was wir zusammen haben konnten. Die Sonne schien, der Himmel war blau wie in Kalifornien, und es war fast so warm, obwohl dies eine spanische Wintersonne war.

Nachdem wir uns gestärkt hatten mit Kaffee, Sandwich und einem Gläschen Wein, gingen wir Hand in Hand zurück zum Hotel.

# Endlich allein

Im Zimmer konnten wir uns entspannen. Endlich waren wir allein. Wir umarmten uns. Ich fühlte seine Nähe, sein zärtliches Streicheln, seine Küsse und war wie betäubt. Als er begann, mich am Hals und Brustausschnitt zu küssen, ließ ich ihn gewähren, Stück für Stück meine Kleidung zu entfernen, während ich ihm half, sich zu entkleiden.

Als wir auf dem Bett lagen, anfangs eng umschlungen, uns gegenseitig liebkosend, setzte er fort, meinen ganzen Körper mit passionierten Küssen zu bedenken. Wir bildeten ein Knäuel von Armen und Beinen, als übten wir in Trance einen Liebestanz aus, der in einem aufwühlenden Crescendo endete.

Als ich erschöpft in seinem Arm lag, war ich den Tränen nahe vor übergroßem Glück, das ich so noch nie erfahren hatte. Er hatte in meinem Inneren eine Saite berührt, die noch nie gespielt hatte. Unsere Liebe, die so viele Monate gesehnt und gewartet hatte, war wie ein Vulkan zum Ausbruch gekommen.

In den folgenden Tagen und Nächten vertieften sich unsere Gefühle füreinander. Da war ein Sehnen in mir, mich an ihn zu klammern, ihn nie mehr loszulassen. Ein Feuer war entfacht, das nicht gelöscht werden durfte. Ich liebte alles an ihm und küsste seine Nase und Ohren, was ihn manchmal irritierte.

Er wollte mich verwöhnen und fragte mich, was ich mir wünschte, doch ich war wunschlos glücklich. Trotzdem bot er mir an, ich könnte zum Friseur im Hotel gehen. Das Angebot nahm ich gern an. Vermutlich brauchte er ein wenig Zeit allein, um seine Frau anzurufen. Außerdem hatte er mit dem Hotel abgesprochen, dass wir in ein anderes Zimmer mit einem Doppelbett verlegt würden, weil wir in dem anderen nur Einzelbetten hatten.

Die Zimmer lagen mit Blick aufs Mittelmeer. Der Strand war fast wie leergefegt: es war Spätherbst, und wenige Einheimische sowie einige Touristen gingen baden.

Am ersten Abend gingen wir Arm in Arm am Meer entlang und bewunderten den Sonnenuntergang. Ich sammelte ein paar Muscheln, die ich als Erinnerung mitnehmen wollte. Das Wasser war ruhig. Der Strand war abgegrenzt von den höherliegenden Grundstücken, die ihre Gärten eingezäunt hatten.

Als ich am folgenden Tag vom Friseur zurückkam, schlug Hans einen Spaziergang in den Ort vor, wo wir unser Mittagessen einnehmen könnten. Torre-molinos ist ein hübsches, altes Städtchen an der Costa del Sol mit vielen Geschäften und Bars. Wir hätten auch auf einem Esel reiten können, denn die warteten, hübsch geschmückt, vor einigen Geschäften auf Kunden, Es gab aber auch einen modernen Stadtteil, in dem viele Hochhäuser für Touristen entstanden, die die Wintermonate an diesem wohl-temperierten Ort verbringen wollten.

Wir suchten ein Café, das wir in einer engen Straße fanden. Es waren nur wenige Gäste zugegen, sodass wir uns gleich an die Theke setzten. Die Wirtin unterhielt sich mit ihrem Mann und es ging wohl um sein Mittagessen, das sie ihm in einem tiefen Teller servierte. Es war ein Eintopf und roch sehr appetitlich. Hans fragte, ob er auch solch einen Teller Eintopf haben könne. Die Wirtin meinte, es sei nur ein einfaches Essen, aber er könne gern einen Teller voll davon haben. Es schmeckte ihm ausge-zeichnet.

Nach dem Mittagessen fanden wir eine Bou-tique, die fesche Auslagen im Schaufenster hatte. Er führte mich hinein. Er kaufte mir eine rote Bluse, ei-nen schwarzen, eleganten Überrock aus samtähnli-chem Material und ein Paar schwarze Strümpfe mit Muster. Alles zusammen sah chic aus, war aber auf-fällig. Ich selbst hätte derlei nicht gewählt, habe aber Rock und Bluse später oft getragen.

Hans hatte beim Buchen seines Fluges auch Ausflüge in die Umgebung eintragen lassen. Wir wurden vom Hotel mit dem Reisebus abgeholt, wie andere Gäste anderer Hotels auch. Somit hatten wir so manch hübsches Ziel.

Zuerst stand natürlich Málaga auf dem Programm: eine Stadtrundfahrt und die Besichtigung von historisch markanten Gebäuden, wie Kirchen, der Hafen, Regierungspaläste, Gedenkstätten, Gärten und natürlich das Stierkampfstadion. Hans wollte einem Stierkampf zuschauen, doch da ich kein Interesse zeigte, wollte er nicht allein gehen.

Weil die Führungen in englischer Sprache abgehalten wurden, konnte ich den Erklärungen oft nicht folgen. Einiges erklärte mir Hans. Ansonsten schaute ich mich um und konnte die Schönheit dieser Objekte auch ohne die Erklärungen über die historischen Einzelheiten in mir aufnehmen.

Mahlzeiten wurden mit den übrigen Reisenden in ausgesuchten Restaurants gemeinsam eingenommen. Somit waren wir nicht so oft Gast zum Dinner in unserem Hotel. Doch einige Male nahmen wir dort unsere Mahlzeiten ein, auch mal das Frühstück, das wir uns aber meistens aufs Zimmer bringen ließen.

Zum Hotel gehörte auch ein hübscher, tropischer Garten mit einigen Swimmingpools, die wir als Gäste hätten benutzen können. Die Pools waren meistens leer, und ich war zu scheu, als Einzige dort zu baden. Da Hans nicht schwimmen wollte, weil es ihm im November zu kalt war, ließen wir es. Er kam aus dem temperierten Kalifornien, ich hingegen aus dem kühlen Norden. Für mich waren es Sommertemperaturen, für ihn nicht.

Wenn wir im Hotel waren, wollten wir nicht gestört werden, sodass das Schild 'non moleste' oft an unserer Zimmertür hing. Hinter der verschlossenen Tür gehörten wir uns ganz und gingen auf in unserer Zweisamkeit. Die Außenwelt existierte nicht mehr. Zu anderen Zeiten hätte ich viele Karten geschrieben. Jene elf Tage gehörten jedoch nur mir und ihm, die ich mit niemandem teilen wollte. Nur drei wichtige Nachrichten sandte ich fort.

Keiner von uns hätte gedacht, dass wir solche intensive Reaktionen aufeinander haben könnten.

Hans bekam plötzlich Fieber und befürchtete, sich einen Grippevirus zugezogen zu haben. Er ließ einen Doktor kommen, der ihn untersuchte und ihm Tabletten gab. Die Krankheit wurde damit gehemmt und er ließ sich dadurch nicht stören, unseren Urlaub wie geplant fortzusetzen.

An einem Abend besuchten wir ein Lokal, in dem spanische Tänze vorgeführt wurden. Unser Tisch stand direkt vor der Bühne, sodass wir alle Vorführungen genauestens verfolgen konnten. Der Rhythmus der Gitarrenmusik wurde harmonisiert mit dem Klappen der Tanzschuhe, dem Klicken der Kastagnetten, aber auch angefeuert durch das Klatschen einiger Musiker und Zuschauer, sodass alles zusammen mit den stilistisch korrekten Bewegungen der Tänzerinnen, die ihre Kleider mit dem langen Schweif herumschwangen, eine faszinierende Vorstellung bildete. Ich war hingerissen und konnte merken, dass auch Hans großen Gefallen daran hatte.

Nach der Vorführung gingen wir Hand in Hand durch die kühle Abendluft zurück zum Hotel. Er sah fesch aus in seinem dunklen Anzug, und ich war so verliebt.

Wir hatten ein friedliches Einvernehmen. Er war nicht nur ein zärtlicher, rücksichtsvoller Liebhaber, sondern auch ein aufmerksamer Gesprächspartner. Ich merkte bald, dass jegliches Thema, jede Situation in einer balancierten, kultivierten Art von ihm behandelt wurde. Da gab es keine hastigen Äußerungen. Sein Verhalten war stets ehrenhaft, ruhig, abwartend, aber trotzdem bestimmt, wenn es darauf ankam.

Meine spontane Weise der Unterhaltung erhielt manchmal einen Dämpfer, sodass mir bewusst wurde, dass er anders war als jene Menschen, die ich aus meinem Freundeskreis kannte. Es fiel mir nicht schwer, mich auf sein Niveau der Konversation einzustellen. Ich fühlte mich wohl in seiner Gesellschaft. Wir lachten und scherzten miteinander und waren glücklich.

In unserer Hotelwohnung machten wir es uns gemütlich, kauften Wein, Knabbersachen und Obst, sodass wir manche Mahlzeit ausließen.

In den ersten Tagen sprachen wir nie darüber, dass unser Zusammensein ein Ende haben würde. Wir genossen jede Minute, als ob sie endlos wäre.

# Weitere Ausflüge

Einen weiteren Ausflug in Gesellschaft anderer Hotelgäste machten wir zu einer Weinprobe in eine Weingegend. In einem unterirdischen Gebäude, in einer Gebirgshöhle, lagerten riesige Fässer aneinander und übereinander, von denen Proben abgezapft und uns angeboten wurden. Es handelte sich um delikate Weine, die nach dem vielen Probieren ihre Spuren in jedem der Mitreisenden hinterließen. Es wurde eine lustige Gesellschaft. Die Umgebung war hügelig und weit und breit konnte man die Reihen der angebauten Reben sehen.

Zurück im Hotel, gingen wir entweder an den Strand oder in den Ort, durch die schmalen Gassen oder Terrassen mit Blick aufs Meer.

Auf einem dieser Spaziergänge bat ich Hans, sich einen Füllfederhalter auszusuchen, den ich ihm als Erinnerung an mich schenken wollte. Er suchte sich einen Goldenen aus. Er konnte mich nicht in seinen Filmen, die er von den Aussichten drehte, aufnehmen und war immer darauf bedacht, nicht meinen Schatten im Blickfeld zu haben. Aber einen Füllfederhalter hätte er sich auch selbst kaufen können. Dieser war aber von mir.

# Granada

Eine Woche war vergangen, in der ich nur an unsere Zweisamkeit gedacht und für sie gelebt hatte. Ich wollte einfach nicht an die Zukunft denken, die ohne ihn, meinem geliebten Hans, so leer sein würde.

Diese tiefe Verbundenheit hatte auch Spuren bei ihm hinterlassen, sodass er oft verzweifelt äußerte, dass er nicht zurückgehen könne, er müsse ein neues Leben mit mir beginnen.

Ich versuchte ihn zu überzeugen, dass er zurück in sein gewohntes Leben gehen müsse, um Vater für seine zwei kleinen Kinder zu sein und Ehemann für Unna.

„Man kann kein neues Glück auf dem Unglück so vieler Personen aufbauen", sagte ich ihm immer wieder.

Obwohl es mir so wehtat, ihn wieder frei zu geben; eine andere Entscheidung kam für mich aber nicht in Frage.

Am nächsten Morgen, im Morgengrauen, saßen wir dann wieder im Bus auf dem Wege nach Granada. Der Sonnenaufgang erleuchtete den Bus und die hügelige Landschaft, die teils noch von Nebelwolken verhüllt war.

Ich kuschelte mich an ihn. Ganz leise sang ich das Lied „Michelle" von den Beatles vor mich hin und es schwirrte mir immerzu im Kopf herum, weil es genau ausdrückte, was ich fühlte.

Es war gemütlich in den hohen Sitzen, wo wir ganz für uns waren. Andere Reisende unterhielten sich leise. Dann und wann erklärte der Fahrer, an welchen Orten wir vorbeikamen. Wir fuhren durch Loja und Santa Fe, und durch viele kleine Ortschaften, wo die Bauern Tabakblätter geerntet hatten, die Frauen zu Bündeln wickelten, die dann auf lange Stangen gezogen und in Trockenschuppen aufgehängt wurden. Wir sahen viele dieser Trockenschuppen, deren Türen offen standen, damit der Wind hindurchblasen konnte. Viele Menschen waren dort beschäftigt.

Durch andere Ortschaften, typische spanische Städtchen, kamen wir, wo Kirchen den Ortsmittelpunkt bildeten. Es waren mächtige historische Gebäude, auch Regierungspaläste, die in ihrer Ausstattung Macht ausstrahlten. Meistens gehörte dazu ein großer Platz mit einem Springbrunnen.

In Granada waren die Straßen eng und viele andere Touristenbusse erschwerten die Durchfahrt, sodass es zu einem Halt kam. Vom Fenster aus beobachtete ich eine Gruppe von Kindern; ein kleines Mädchen mit dunklen Augen schaute mich an, die mich an meine Tochter erinnerte. Meine Realität war auch nicht fern.

Angekommen am Ort der Sehenswürdigkeit, verließen wir den Bus mit unserem Begleiter, der uns zu der berühmten Festung, der Alhambra, führte. Wir gingen auf eine gewaltige Burg zu, die mit Nebengebäuden den gesamten Hügel ausfüllte. Teile davon waren direkt in die Felswand gebaut worden, von dessen Terrassen man einen beängstigenden Blick in die Tiefe werfen konnte. Diese Burg wurde im 13. bis 14. Jahrhundert von den maurischen Eroberern erbaut, die für lange Zeit Spanien besetzt hielten. Sie ist eine der schönsten Beispiele der maurischen Kunst in Europa mit den säulenreichen Höfen und Sälen, die verschwenderisch und bizarr ornamentiert ist.

Wenngleich die Alhambra heute eine Ruine ist, so ist das Gemäuer stark und gut erhalten, sodass wir durch viele Räume und Hallen gehen konnten, die erkennen ließen, welchen Zwecken sie einst gedient hatten. Fensteröffnungen und Terrassen ermöglichten einen herrlich weiten Blick über die Gebirgsgruppe der Sierra Nevada, deren Gipfel mit Schnee bedeckt waren. Erstaunlich gut erhalten war der fürstliche Hof der Löwen mit den Statuen sitzender Löwen um den Brunnen herum. Die Ornamentik an den Säulen und Wänden war grandios.

Unsere Gruppe bewunderte diese Schönheiten mit Ehrfurcht und schweigsam, um das sanfte Plätschern des Springbrunnens nicht zu stören.

Meine Vorstellungen von Schlössern und Burgen bewegten sich auf der romantischen Ebene, die mit der Realität der Zeiten nicht vereinbar war. Wie mag es den Frauen unter diesen mächtigen Herrschern ergangen sein, die sich Fremden unter dem islamischen Glauben nur vermummt zeigten und in getrennt liegenden Gebäuden wie Gefangene gehalten wurden. All diese Schönheiten waren vorwiegend für Männer entstanden, die einem frauenfeindlichen Gott huldigten.

Dieser Platz hatte Hans und mich tief beeindruckt. Schweigend folgten wir der Gruppe zu den Gärten, die, wie die Alhambra selbst, besondere Aufmerksamkeit der Touristen fand.

Die Hauptattraktion waren die angelegten Kanäle, in denen es ebenfalls Springbrunnen gab. Sie bildeten den Mittelpunkt des Gartens, der mit exotischen Pflanzen ausgestattet war. Die Pfade entlang der Kanäle und Terrassen waren mit orientalischen Mosaiken belegt. Die Blütenpracht, selbst um diese Jahreszeit im November, war erstaunlich. Ich sah die Rosen, die nie so schön in unserem nordischen Herbst blühten. Das Lied „der letzten Rose" tauchte in meinen Gedanken auf.

Dann war es Zeit, diesem paradiesischen Garten Ade zu sagen. Der Bus fuhr uns zu einem Restaurant, das schon andere Touristen bewirtete. Es war ein riesiger Saal, in dem wir unsere Mahlzeit einnahmen, bevor wir die Kathedrale und eine königliche Kapelle mit wertvollen Kunstschätzen besichtigten.

Im Anschluss daran machten wir Halt an den Höhlen, die sich in der Nähe von Granada befinden, wo Zigeuner wohnen. Einige junge Mädchen tanzten uns etwas vor.

Der Fahrer organisierte mit den Zigeunern einen Besuch ihrer Aufführungen. Wir wurden in eine der Höhlen geführt, in einen Raum, an dessen Wänden rundherum Stühle standen, auf denen wir uns niederließen. Es blieb genug Platz für die Frauen, um zu tanzen. Ein paar Männer spielten auf der Gitarre und begleiteten die Frauen, einige klatschten im Rhythmus.

Da war ein kleines Mädel, etwa acht oder zehn Jahre alt, das sich von einem größeren Mädchen Schuhe ausgeliehen hatte, die ihm gar nicht passten. Das Kind verstand sich auf den Flamenco und benötigte die Schuhe, um den rhythmischen Takt zu erzeugen. Die Vorführung war aus dem Stegreif entstanden – zur großen Freude aller. Die jungen Frauen trugen Flamencokleider, die teils mit den Farben nicht harmonisierten, aber sie erfüllten den

Effekt, der zu diesem Tanz gehört, das Herumwerfen oder Schwenken der Röcke. Dieses musikalische Ereignis beendete unseren erlebnisreichen Besuch von Granada.

Wir erreichten unser Hotel erst spät am Abend. Hans und ich unterhielten uns noch lange über dieses wunderschöne Gebäude aus dem Mittelalter, an das man viele Geschichten binden konnte. War das ein Wiederfinden? Hatten wir in jener Zeit schon einmal gelebt?

Am nächsten Tag genossen wir die Ruhe in unserem kleinen Reich. Wir ließen uns das Frühstück aufs Zimmer bringen.

Danach wanderten wir im Sonnenschein durch Torremolinos, beobachteten die Einheimischen bei ihren Aktivitäten und machten Rast am höchsten Platz, der einen Überblick über das Tal und den Ozean zuließ. Auf dem Wege nahmen wir einen kleinen Imbiss, bevor wir langsam wieder zum Hotel zurückgingen.

Hans plagte sich nach wie vor mit seiner Erkältung, bemühte sich jedoch, sie nicht als Hindernis zu sehen. Er wollte die Zeit genießen, wie ich auch, und nichts sollte ihn daran hindern, das zu tun, was er geplant hatte.

Es stand noch eine weitere Reise auf seinem Programm, eine Schiffsfahrt nach Marokko. Da wir zwei Tage vom Hotel fort sein würden, packten wir einige Sachen und ließen den Rest zurück.

# Tanger

Ich war zuvor noch nie in einem islamischen Land gewesen und hatte nur eine Vorstellung aus Filmen und Märchen „Tausend und einer Nacht". Allerdings hatte ich einige Artikel in Zeitschriften gelesen, dass einige deutsche Frauen Arabern in ihr Land als Ehefrau gefolgt waren, aus dem sie nie als freier Mensch wieder herauskamen. Sie wurden wie Sklaven behandelt und gehalten und man hatte ihnen alle Rechte abgesprochen. Sie waren misshandelt und gezwungen worden, Dinge zu tun, die sie freiwillig nie getan hätten. Es wurde gewarnt, Araber oder Männer des islamischen Glaubens zu heiraten, und wenn, sie nie in ihr Heimatland zu begleiten.

Nun sollte ich also einen kleinen Einblick in ein solches Land bekommen und wollte schauen, ob irgendetwas von diesen Berichten die Regel sein könnte.

Der Bus holte uns vom Hotel ab und fuhr zum Hafen in Málaga. Dort lag eine große Fähre. Die hintere Ladefläche des Schiffes war offen für Fahrzeuge. Wir zeigten unsere Karten vor und wurden auf das Schiff gelassen. Unser Koffer wurde in Verwahrung genommen, sodass wir uns ohne Belastung in Ruhe das Schiff ansehen konnten, bevor es die Leinen los ließ.

Es gab viele kleinere Aufenthaltsräume, auch Teeräume genannt, die mit orientalischen Motiven dekoriert waren. Kleine Tischchen standen bereit, um ein Gedeck abstellen zu können. Wir setzten uns in einen dieser Teeräume, der leer war.

Ich hatte ein Gespräch begonnen, eine Bitte geäußert, die Hans spontan ablehnte. Ich wollte ein Kind von ihm. Er war entsetzt und meinte, er könne es nicht verantworten, dass ein Kind von ihm in einem anderen Lande aufwachse, ohne dass er einen Einfluss darauf habe. Er ging so weit zu sagen, dass, wenn ich versuchte, ihn zu hintergehen, er nicht mehr mit mir schlafen würde. Er war verärgert und ich sehr enttäuscht.

Ich wusste, dass ich mich in ein paar Tagen für immer von ihm verabschieden musste. Ich liebte ihn so sehr, dass ich glaubte, ein Kind würde mich über diesen Verlust hinwegtrösten. Ich weinte in mich hinein. Wo war seine Zärtlichkeit, sein Verständnis? Konnte er nicht verstehen, aus welchem Grund ich ein Kind von ihm wollte?

Es schien eine Ewigkeit zu dauern bis er sich besann, zu mir kam und mich in den Arm nahm.

„Ich kenne wohl den Grund für Deinen Wunsch, ein Kind von mir zu haben. Auch mir fällt es schwer, daran zu denken, dass ich mich von Dir trennen soll. Auch ich möchte lieber mit Dir leben, als zurückzugehen. Doch ich kann es nicht verantworten, Dich mit einem Kind allein zu lassen. Denke doch mal daran, was das für dich bedeuten würde. Du hast schon ein Kind, durch das du Schwierigkeiten mit deiner Arbeit hast. Wie wolltest du das alles schaffen, ohne einen Mann an deiner Seite; ich könnte dich dann wohl finanziell ein wenig unterstützen, wäre aber nie für dich da. Bitte, bitte lasse uns diesen schönen Urlaub so harmonisch beenden, wie wir ihn bisher verlebt haben."

Es kamen Leute in den Teeraum. Ich schaute aus dem Fenster, bis ich meine Tränen getrocknet hatte. Dann gingen wir hinaus. Das Schiff legte ab. Die Schiffsreise auf dem Mittelmeer hatte begonnen.

Hans filmte die Abfahrt, den Hafen und die Landschaft von Málaga. Leider würde ich diesen Film nie sehen, doch er würde ihn Zuhause zeigen und dann an mich denken, so hoffte ich.

Unser Gespräch war unterbrochen, aber es war auch alles gesagt. Mir war plötzlich bewusst, dass unsere gemeinsame Zeit bald zu Ende war. Unsere Wege würden sich trennen, für immer.

Aber noch waren wir beieinander und diese Zeit gehörte er noch mir. Ich hängte mich an seinen Arm und lächelte ihn an. Wir gingen umher, wie alle anderen Passagiere auch. Wir fanden den Speisesaal zum Mittagessen. Die See war ruhig. Ich erinnerte mich an eine stürmische Seereise in meiner Kindheit.

Die Küste war in Blickweite, wir befanden uns auf der ganzen Fahrt nicht auf freier, offener See. Der weiße Felsen von Gibraltar kam irgendwann in Sicht, der bemerkenswert am Ufer im Süden Spaniens zu sehen und eine Sehenswürdigkeit ist. Die Stadt liegt terrassenförmig an einem steilen Kalkfelsen; sie hat eine strategische Bedeutung, weil sie an der Meeresenge liegt, die das Mittelmeer mit dem Atlantischen Ozean verbindet.

Am Nachmittag legte die Fähre in Tanger an. Die Sonne schien auf die orientalischen Bauten, die eng aneinander gebaut und mit vielen hohen Mauern umgeben waren. Enge Straßen schlängelten sich durch das weißgetünchte Häusermeer, das wenig Grün bot, um dieser Stadt etwas Lebendiges zu geben.

Mit dem Bus wurden wir zu unserem Hotel gebracht. Unser Zimmer war ungeheizt und ein krasser Unterschied zu dem in Torremolinos. Es war kalt.

November war der Fastenmonat der Mohammedaner, Ramadan. Gläubige fasten durch den Tag, speisen jedoch abends ausgiebig. Unser Reisebegleiter warnte uns, dass viele Menschen gereizt seien während dieser Zeit. Ebenso schlug er vor, nicht offen zu fotografieren, was den Ärger der Leute erhöhen könnte, und man wüsste nie, was sich daraus entwickelt.

Unserer Gruppe wurden Ausflüge in die weitere Umgebung empfohlen, wovon wir eine Stadtrundfahrt am Nachmittag nach der Ankunft mitmachten. Mit dem Bus fuhren wir durch die Stadt und wurden auf die wichtigsten Sehenswürdigkeiten aufmerksam gemacht. Der Regierungspalast befand sich in einem weitläufigen Gelände, das mit einem schmiedeeisernen Zaun umgeben war. Ein hübscher Park demonstrierte die Wichtigkeit dieses Gebäudes. Alle Gebäude und Moscheen in der Metropole waren prachtvoll ornamentiert, Straßen und Terrassen in hübschen Mustern mit Steinen gepflastert.

Es war ein reges Leben und Treiben in der Stadt, dominiert von Männern und Jungens, die mit verschiedenfarbigen und geformten Kopfbedeckungen ihren Besorgungen nachgingen.

In Tanger leben auch Christen. Verwundert war ich über einige Männer, die in braunen Kutten mit Kapuzen verhüllt waren. Sie trugen an ihren schmutzigen Füßen Sandalen.

Wenn man Frauen sah, waren es Touristinnen wie ich, deren Kleidung die Herkunft angab. Einheimische Frauen waren tief verschleiert – nur die Augen waren zu sehen.

Manchmal spürte ich die neugierigen Blicke der Männer und war froh, in männlicher Begleitung zu sein. Wir gingen durch Basare, an Ständen vorbei mit Kleidung für die Einheimischen.

Hans suchte nach einem Geschenk für seine Frau und bat, ich solle es aussuchen. Das lehnte ich ab und wartete in gebührendem Abstand, bis er etwas gefunden hatte.

Mit unserer Gruppe wanderten wir dann durch enge Straßen, wo kleine Mädchen, die noch nicht vermummt waren, gemeinsam mit Buben harmlos spielten. Es fuhren keine Autos. Alle Häuser schienen miteinander verbunden durch Torbögen, von hohen, hölzernen Türen verschlossen. Die Fenster hatten Gitter, die oft verziert waren, andere lagen tief im Gemäuer, das keinen Einblick gewährte. Unten gab es keine Fenster, nur kleine Luftschächte.

Hier und da befanden sich entlang der Straßen Geschäfte, die wie ein einziges, großes Fenster aussahen. Es hingen Waren jeder Art von der Decke herunter, lagen auf Regalen, draußen am Fenster und boten einen guten Überblick, um wählen zu können. Hans kaufte mir ein Sitzkissen aus Kamelhaut mit orientalischer Mosaikarbeit.

Dies war eine andere Welt, die mir fremd und unheimlich war. Als Frau in dieser Gesellschaft könnte ich nicht atmen, mich nicht frei bewegen.

Nach dem Abendessen wurden wir von unserem Reisebegleiter in ein Tanzlokal geführt. Das Lokal war gut besucht: von Männern. Für unsere Gruppe waren einige Plätze reserviert worden.

Man wollte mich nach hinten setzen, weg von Hans, weil den Männern in diesem Lokal der Vortritt gelassen wurde: sie saßen vorn, um den Bauchtanz besser beobachten zu können. Hans hielt mich fest und bestand darauf, dass ich neben ihm sitze, was man widerwillig gewährte. Die Sitze waren niedrige Bänke ohne Lehne. Wir rückten eng zusammen, damit alle Platz fanden. Viele Männer saßen auf dem Boden.

Eine Gruppe Männer mit roten Topfmützen, in weißen Anzügen, begannen, auf mir fremden Instrumenten zu spielen. Es waren Saiteninstrumente, Trommeln, türkische Teller und auch eine Art Bagpipe. Die Melodie war orientalisch und kündete die Bauchtänzerinnen an. Drei Frauen erschienen in langen Hosen. Ihre Gesichter waren bis zur Nase von einem Schleier verdeckt. Das sah eigenartig aus, waren doch andere Körperteile, wie der Bauch und der Ausschnitt oberhalb der Brust, unbedeckt.

Sie bewegten ihre Körper zum Rhythmus der Musik mit großer Geschmeidigkeit und Harmonie, während Arme und Köpfe im Einklang mit den Bauchbewegungen waren. Sie steigerten das Tempo ihrer Vorführung und erhielten rauschenden Applaus der Männer. Ich hatte den besten Ecksitz, um aus nächster Nähe dann und wann doch ein Blitzlichtfoto schießen zu können. Auch mir hatte die Vorführung sehr gefallen, und ich vergaß völlig, dass ich an diesem Platz unerwünscht war.

Weitere Bauchtänzerinnen kamen und zwischendurch eine andere Gruppe von Männern, die mit orientalischen Instrumenten Musik machte und dazu tanzte.

Wir waren alle sehr zufrieden mit der Vorstellung, als wir wieder ins Hotel zurückgebracht wurden.

In unserem Hotelzimmer aber war es so kalt, dass wir uns ein heißes Bad einlaufen ließen. Meine Badelotion hatte ich mitgebracht, doch die Flasche entglitt meinen kalten Händen und zerbrach auf dem gekachelten Fußboden. Das starke Parfüm strömte ins Zimmer; es war noch zu riechen, als wir am nächsten Tag das Hotel verließen. Auch das Bettzeug war dünn und wollte mich nicht wärmen, sodass ich mich eng an Hans kuschelte, um überhaupt einschlafen zu können.

Dieser Ort, diese Menschen, taten etwas in Bezug auf meinen Sinn für Gerechtigkeit, sodass ich die Kälte dieser Religion Frauen gegenüber in mir fühlte. Ich war froh, dass wir am darauffolgenden Abend wieder in Málaga sein würden.

Am nächsten Morgen bei Sonnenaufgang saßen wir zum Frühstück auf dem Oberdeck des Hotels, weil eine weitere Busfahrt an die Atlantische Küste geplant war.

Die Aussicht von dort auf die Bucht im Glimmer der aufsteigenden Sonne war malerisch schön. Der Kontrast waren die weiß getünchten, orientalischen Häuser. Die Lage von Tanger war nicht ohne Grund so wichtig für Spanien, England und Marokko gewesen, egal ob es sich auf den Handel mit Waren, Menschen oder als wichtige Stützpunkte bezog.

Unsere kleine Gruppe bestieg einen Bus vor dem Hotel. Ein charmanter Herr in einem langen weißen Mantel mit rotem Hut ohne Rand, wie ich ihn schon bei anderen Männern am Tag zuvor bemerkt hatte, stellte sich vor. Auch er trug Sandalen. Er lächelte freundlich und informierte uns während der Fahrt über Sehenswürdigkeiten. Die Fahrt führte uns entlang der felsigen Küstenlandschaft, oft mit Blick auf den Ozean.

Wir stiegen in einer Bucht mit hoher, steiler Felswand, die mit Gräsern und wilden Blumen überwachsen war, aus. Von dort aus hatte man einen weiten Blick auf den Ozean, der tief unten lag und dunkelblau in der Sonne schimmerte, während sich weiße Schaumkronen an dem kleinen Sandstrand brachen.

Unser Reisebegleiter berichtete, dass in dieser Bucht bei Abukir 1798 Admiral Nelson die französische Flotte vernichtet habe, womit die englische Seemachtstellung im Mittelmeer behauptet wurde. Dass auf diese schöne Aussicht Touristen aufmerksam gemacht werden, weil sich dort ein blutiges Duell zwischen Segelschiffen abgespielt habe, in dem vermutlich Tausende junge Männer erschlagen worden waren oder ertranken, spricht entweder von Mitgefühl oder dem Hang zum kriegerischen Fatalismus. Wir waren gekommen, um den Atlantischen Ozean zu sehen, ohne von dieser historischen Schlacht zu wissen.

Der Weg zurück ging durch kleine Ortschaften. Wir hielten nochmals an einem freien Platz mit Kamelen. Ein Kamelritt wurde angeboten. Eine junge Frau setzte sich hinauf; ich lehnte es ab. Wir schauten ihr zu, wie sie sich führen ließ und sich in dem Rhythmus der Schritte dieses großen Tieres sehr unsicher bewegte.

Abseits standen Händler, die Modeschmuck anboten. Ich wählte eine Kette und ein Armband, das Hans mir kaufte.

Wir erreichten das Hotel, um rechtzeitig unser Mittagessen einnehmen zu können, bevor wir zum Hafen gefahren wurden, wo wir die Fähre bestiegen. Wir genossen die Seefahrt. Es war beruhigend, auf das Wasser zu schauen und den Gedanken freien Lauf zu lassen.

Dies war unser letzter, gemeinsamer Ausflug. Wir sprachen nicht darüber. Unsere Stimmung war verhalten. Wir hielten uns an den Händen. Wir wollten es beide anders, doch es gab keinen Weg.

Als wir unser gemütliches Zimmer im Hotel erreichten, fühlte ich mich erleichtert, wollte aber meinen Koffer nicht wieder auspacken, da ich in zwei Tagen abreisen würde. Das überraschte Hans, denn er hatte noch drei Tage länger Urlaub.

Er bat mich inständig, länger zu bleiben, doch ich sah keine Möglichkeit.

Dies war meine Nacherholung von der Kur in Deutschland, die ich für diese Reise nach Spanien genutzt hatte. Ich konnte meinen Urlaub nicht verlängern, wenn ich meine Arbeit behalten wollte.

Hans wollte allein nicht zurückbleiben, sodass er im Reisebüro eine andere Buchung vornehmen ließ, was für ihn teuer wurde.

Er meinte, er könne nicht allein zurückbleiben, was sollte er wohl tun, wenn er mich so sehr vermissen würde.

Unsere Liebe füreinander war zärtlich und leidenschaftlich. Ich fühlte mich so wohl in seinen Armen, in seiner Nähe, wollte immer bei ihm bleiben. Ich weinte innerlich vor Schmerz, ihn gehen zu lassen.

Hans stieß manchmal verzweifelte Seufzer von sich: „Ich kann nicht zurückgehen."

Ich antwortete immer wieder: „Du musst! Du hast zwei kleine Kinder."

Er sagte: „Ich weiß, ich werde für sie sorgen."

„Nein, du musst als ihr Vater bei ihnen sein, zusammen mit der Mutter."

„Ich kann nicht. Wir wollen zusammen bleiben."

„Nein, wir werden es nicht tun. Man kann kein neues Glück auf dem Unglück so vieler Personen aufbauen. Außerdem könntest du eines Tages deine Entscheidung bereuen und mich dann dafür verantwortlich machen."

„Das kann ich nicht glauben."

„Hans, es wird schwer sein für uns beide. Ich liebe dich mehr als mich selbst, aber ich weiß, dass deine Kinder einen Vater brauchen, den ich ihnen nicht nehmen will. Wir müssen auf unser Glück verzichten, denn das Schicksal ist gegen uns. Wir werden uns beide fügen in das, was nicht zu ändern ist."

Das waren tränenreiche Gespräche, die wir mit unserer Liebe zueinander betäubten.

# Letzter Tag in Torremolinos

An unserem letzten Tag wanderten wir durch den Ort, zum Strand, hatten den letzten Imbiss in unserer kleinen Bar, die wir öfter aufgesucht hatten.

Am Abend wollte Hans mich in ein Tanzlokal ausführen. Zum ersten Mal holte ich mein Cocktailkleid hervor und machte mich schön für ihn. Er liebte das, war immer sehr darauf bedacht, selbst adrett gekleidet zu sein und mochte es, wenn ich mich besonders zurecht machte.

Das Tanzlokal war gut besucht. Eine flotte Kapelle spielte auf. Ich konnte dem Takt nicht folgen. Hatte noch nie Schwierigkeiten gehabt, einem Tanzpartner zu folgen, doch an diesem Abend stolperte ich. Mir fehlte die Stimmung, um mich frei und froh der Musik und dem Tanz hinzugeben.

Wir gingen bald zurück ins Hotel, wo wir uns gehörten, zum letzten Mal in unserem Leben.

# Der Abschied

Am Morgen packten wir die Sachen. Hans war sehr darauf bedacht, nichts zu vergessen, damit nichts nachgesandt werden konnte; es stand nur sein Name auf der Rechnung, sodass es für ihn hätte Folgen haben können.

Bevor wir das Zimmer verließen, nahmen wir uns nochmals innig in die Arme und verabschiedeten uns so, was am Flughafen kaum der Fall sein könnte.

Gemeinsam flogen wir nach Madrid. Dort würden wir uns trennen, weil seine Maschine in die USA, meine nach Frankfurt fliegt und es für mich weiter nach Hamburg ging. Es herrschte Gedrängel in der kleinen Wartehalle auf dem Flughafen in Madrid. Ein Gewirr verschiedener Sprachen betäubte mich. Lautsprecher kündigten die Flüge an.

Wir standen inmitten fremder Menschen ganz nah beieinander. So gern hätte ich mich an ihn geschmiegt, aber ich traute mich nicht. Es war meine innere Ausweglosigkeit, die ich fühlte.

Hans schaute umher. An den Wänden hingen spanische Symbole, Schwerter, Bilder von Stierkämpfern und Tänzern. Er ging, um sich ein Schwert zu kaufen.

Als er zurückkam, wurde seine Maschine aufgerufen. Er nahm mich in den Arm, küsste mich, drehte sich um und verschwand in der Menge.

Alles ging so schnell. Ich stand wie erstarrt. Hätte schreien mögen. Mir war das Liebste genommen. Tränen liefen über mein Gesicht, ohne dass ich weinte.

Kurz darauf wurde auch mein Flug ausgerufen. Als ich im Flugzeug saß, sah ich seine Maschine zur Startbahn rollen. Ich schaute aus dem kleinen Fenster, doch ich sah nichts.

Es war vorbei.

# Das Ende

Wenige Stunden später landete ich in Hamburg, wo ich abgeholt wurde. Ich zeigte mich freudig und berichtete über die sonnige Zeit in Spanien. Wie es drinnen aussah, ging niemanden etwas an.

Am nächsten Tag begann nach zehn Wochen die Arbeit. Alles fügte sich in mir, um mich herum. Das Leben ging weiter.

Eine Woche später erreichte mich ein Brief von Hans. Es stand alles darinnen, was ich hören wollte. Er liebte mich, er sehnte sich, er wünschte, alles wäre anders. Er wollte mich wiedersehen.

Und er wollte wissen, ob ich meine Periode bekommen habe.

Fortan lebte ich wie im Traum. Obwohl mein Geist es wahrgenommen hatte, dass alles vorbei war, hatten meine Gefühle es noch nicht akzeptiert. Ich schwebte auf Wolken, war frohen Mutes und tat meine Pflichten mit viel Freude.

Am Heiligen Abend rief ich ihn auf seiner Arbeitsstelle an, wo er sich nicht frei äußern konnte. Es tat so weh, ihn zu hören, aber ihn nicht halten zu können.

In den Wochen danach sank das Thermometer meiner Gefühle, sodass ich ihn bat, mir nicht mehr zu schreiben; es wäre eine Quälerei für uns beide, da es ohnehin keinen Ausweg für uns gab.

Wir brauchten beide Abstand, um zurück in unser gewohntes Leben zu finden.

Ich hatte auch die Verbindung zu seiner Frau sofort unterbrechen wollen, doch da er mich gebeten hatte, sie aufrechtzuerhalten, schrieb ich ihr weiterhin.

Eine vage Hoffnung war letztlich damit verbunden, dass er und ich dann über diesen Kontakt voneinander hören würden.

# Ein neuer Anfang

Zum Jahreswechsel wollte ich eine Veränderung in meinem Leben. Ich kündigte meine Arbeit bei dem Tabakunternehmen, weil ich eine Anstellung bei einem großen Konzern in Hamburg in der Patentabteilung angenommen hatte. Aufgrund meiner Erfahrungen beim Anwalt wollte man mich dort als leitende Angestellte in diese Abteilung einarbeiten. Meine Kündigungsfrist dauerte drei Monate, sodass ich noch bis Ende März in der alten Firma arbeiten musste.

Am 1. April 1970 trat ich die Probezeit bei meinem neuen Arbeitgeber in der Innenstadt von Hamburg an. Sie betrug einen Monat.

Auch auf der privaten Ebene traf ich die Entscheidung, dass ich eine neue Verbindung zu einem anderen Mann beginnen wollte, wenn es sich ergäbe.

Ich entschied außerdem, nach Amerika auswandern zu wollen, wenn die Möglichkeit dafür bestehen sollte. Dies war schwierig, sodass ich nochmals Hans schrieb und um seine Hilfe bat.

Es waren drei Monate vergangen seit unserem Abschied. Seine Antwort war kühl und reserviert, was mich tief verletzte. Er bat mich aber, diese Bitte an seine Frau zu richten, damit er mir offiziell helfen könnte. Nach diesem Brief wusste ich, dass ich diesen Weg nicht gehen wollte.

Da ich den Gedanken, auswandern zu wollen, nicht losließ, versuchten meine Eltern und Freunde mich davon zu überzeugen, es würde für mich auch in Deutschland möglich sein, ein neues Leben zu beginnen. Aber ich wollte fort. Ich konzentrierte mich auf mein Lernen der englischen Sprache, weil mir klar war, dass ich in der Lage sein müsste, für mich und meine Tochter Geld zu verdienen. Die Sprache war die Grundlage für einen guten Job.

Mit großer Anstrengung schob ich meine Träume beiseite mit dem Blick auf die Realität, die zunächst noch leer und einsam aussah.

Gute Ratschläge erreichten mich, sodass ich auf einige Anzeigen für Bekanntschaften in Zeitungen antwortete. Ich traf mich mit einigen Herren in Hamburg, doch ich konnte mich keinem nähern, weil ich zu kritisch und mein Herz woanders war.

Ich schrieb auch einem Amerikaner, der eine Bekanntschaft suchte und mich sogar in Hamburg besuchen wollte. Meine Fähigkeiten der englischen Korrespondenz ließen wohl in mancher Hinsicht zu wünschen übrig, sodass Missverständnisse entstanden. Er schien mir zu direkt; ich hatte plötzlich Angst und sagte ihm ab.

Frau Milde fand dann die Anzeige eines ehemaligen Deutschen, der in Australien lebte. Sie meinte, Australien sei ein schönes Land, schon aus dem Grunde, weil ihr Bruder dort lebte. Sie schlug vor, diesem Mann mal zu schreiben. Das tat ich.

Es entwickelte sich tatsächlich ein reger Briefwechsel zwischen uns, auch telefonierten wir mal, um unsere Stimmen hören zu können. Trotzdem hatte ich Einwände, denn Australien sei zu weit entfernt; dorthin wollte ich nicht auswandern.

Dies war eine unruhige und emotional geladene Zeit, an der auch Frau Milde und meine Familie intensiv teilnahmen.

Als mein geschiedener Mann erfuhr, dass ich auswandern und Martina mitnehmen wollte, versuchte er durch das Gericht, mir verbieten zu lassen, meine Tochter mitzunehmen. Das Gericht lehnte jedoch seinen Antrag ab. Mir war das Sorgerecht zugeschrieben, und es war mir erlaubt, Martina auch in ein fremdes Land mitzunehmen.

Ich hatte meine neue Arbeitsstelle am 1. April begonnen, war aber dann schon praktisch mit den

Vorbereitungen für eine Auswanderung beschäftigt.

Alles entwickelte sich ziemlich schnell mit der Verbindung zu Peter, der in Sydney wohnte und dort eine Wohnung für uns einrichtete.

Irgendwann im April oder Mai entschied ich mich, nach Australien auszuwandern. Peter stellte einen Antrag bei der Einwanderungsbehörde in Sydney und wollte für mich und Martina bürgen. Diese Bürgschaft dauerte für zwei Jahre an, in denen er für uns sorgen musste. Sollte ich vor Ablauf dieser zwei Jahre wieder zurück nach Deutschland fliegen wollen, bestand die Verpflichtung, den vollen Hin- und Rückfahrt-Preis an die Einwanderungsbehörde zu zahlen.

Ich kündigte danach meine Probezeit auf. Alle neuen Kollegen waren sehr interessiert an dem, was ich tun wollte. Es gab viele Warnungen wegen der Gefahren, die mit einem solchen Schritt verbunden sein könnten, zumal ich Peter nie persönlich gesehen hatte. Außerdem wurde erwähnt, dass es passieren könnte, dann allein ohne jegliche Hilfe in Australien zu sein. Sie merkten aber bald, ebenso wie meine Familie und Freunde, eingeschlossen Frau Milde, dass ich entschlossen war, diesen Schritt zu wagen.

Es gab zwei Freunde in Deutschland, die mir versicherten, mir sofort das Fluggeld für Martina und mich senden zu wollen, sollte ich den Wunsch haben, zurückzukommen. Das waren Bruno und Erich. Danach wünschten sie mir Glück und viele halfen, meine Sachen zu packen.

Martina und ich mussten uns auf Anordnung des Australischen Konsulats untersuchen lassen, Formulare ausfüllen und ein polizeiliches Führungszeugnis wurde angeordnet. Als all die Formalitäten überstanden waren, bekamen wir das Abreisedatum mit den Tickets für einen Flug mit der British Airways Gesellschaft zugestellt. Einige größere Gepäckstücke wurden in hölzernen Boxen per Schiffsfracht auf die Reise gebracht.

Es gab viele Abschiedsfeiern für Martina mit ihren kleinen Freunden, aber auch für uns beide mit Familie und Freunden. Ich hatte keine schlechte Vorahnung, keine Angst, diesen Schritt zu unternehmen. Somit saßen wir beiden dann am 15. September 1970 im Flugzeug und schauten hinunter auf die Familie, die uns zum Flughafen begleitet hatte.

Es hat wohl alles so sein sollen, dass Martina und ich am 17. September 1970 in Sydney landeten und von Peter empfangen wurden. Er sah genauso aus wie auf den gesandten Fotos, war gesund und gut aussehend. Wir konnten Peter beide gut leiden und es war einfach, die Bekanntschaft in Briefen nun in eine persönliche und nahe umzusetzen. Wir hatten eine gemütliche Wohnung dort und unsere ersten Schritte in einem fremden Land und Kontinent waren dadurch wesentlich vereinfacht.

Da ich in Hamburg in den letzten Monaten in einem international tätigen Unternehmen gearbeitet hatte, gab mir diese Firma, in der auch Peter beschäftigt war, einen Arbeitsplatz im Büro. Dank meiner Englischkenntnisse war ich dort als Sekretärin für einen der Herren angestellt. Die Personalabteilung half mir auch und vermittelte einen Kontakt mit einer jungen Dame im Büro, um mir mit dem Umgangsenglisch zu helfen.

Ich hatte ein neues, anderes Leben begonnen. Ein Jahr später war ich wieder verheiratet und wurde recht glücklich. Auch Martina hatte sich nach vielen Mühen in der Schule langsam eingelebt, inzwischen Englisch gelernt und einige Freunde gefunden.

Das Leben in Australien mit Peter gefiel uns. Wir verstanden uns alle gut.

Meine große Liebe musste ich vergessen, um meinen Pflichten nachkommen zu können. Es gab vieles, das mir Freude bereitete, auch viele Dinge, wie Natur und Tiere, an die ich meine Liebe verschwenden konnte. Doch in stillen Stunden gedachte ich des schönsten Urlaubs in den Armen des Mannes, der für immer einen Platz in meinem Herzen behalten wird.

\* \* \* \* \* \* \* \* \*

Zeitfracht Medien GmbH
Ferdinand-Jühlke-Straße 7
99095 Erfurt, Deutschland
produktsicherheit@kolibri360.de